Åsa Anderberg Strollo
Karis magischer Sommer

© Magnus Liam Karlsson

Åsa Anderberg Strollo wurde 1973 in Schonen geboren und ist selbst eine sehr ungeduldige Leserin. Sie bemüht sich daher immer, ihre Leser mit jeder Zeile, die sie schreibt, in Atem zu halten. Bevor sie als Kinder- und Jugendbuchautorin bekannt wurde, schrieb sie bereits Drehbücher für Film und Fernsehen. Die renommierte Autorin lebt in Stockholm.

Annika Ernst, ist freie Lektorin und Übersetzerin aus dem Schwedischen und dem Norwegischen. Sie lebt und arbeitet in München.

Åsa Anderberg Strollo

Karis magischer Sommer

Aus dem Schwedischen
von Annika Ernst

dtv

Ausführliche Informationen über unsere Autoren und Bücher
www.dtv.de

MIX
Papier aus verantwortungsvollen Quellen
FSC® C014496

Deutsche Erstausgabe
2018 dtv Verlagsgesellschaft mbH & Co. KG, München

Titel der schwedischen Originalausgabe: ›Svart Sommar‹,
2015 erschienen bei Alfabeta Bokförlag, AB, Stockholm, Schweden

Umschlagbild: Regina Kehn
Gesetzt aus der Sabon 12/15˙
Satz: Druckerei C.H.Beck, Nördlingen
Druck und Bindung: GGP Media GmbH, Pößneck
Gedruckt auf säurefreiem, chlorfrei gebleichtem Papier
Printed in Germany · ISBN 978-3-423-76211-3

1

Mein schlimmster und schönster Sommer begann mit einem Streit.

Es war spät am Abend und ich hörte Mamas und Hakims Stimmen durch die Wand.

»Nie geht es um uns!«

»Aber Anna, ich kann nicht den ganzen Sommer mit euch verbringen.«

»Ich habe Großmutter versprochen, dass wir Svärtan übernehmen, Hakim.«

»Du hast nur leider vergessen, mich zu fragen.«

Sie stritten um ein Häuschen, das Svärtan hieß. Mamas Großmutter Kari – nach der ich benannt bin – war gestorben und Mama hatte ihr altes Zuhause im Wald geerbt.

»Wir haben doch immer von einem Sommerhäuschen geträumt und jetzt haben wir eines, weshalb freust du dich denn nicht?!«

»Weil ich nach diesem anstrengenden Schuljahr müde bin und mich ausruhen will, statt ein altes Haus zu renovieren. Ich möchte in den Ferien in die Sonne, ans Meer nach Spanien. Aber du verlangst, dass wir ein altes Haus im hintersten Winkel von Schweden renovieren!«

Mama ist allein bei ihrer Mutter aufgewachsen. Ihren Vater und dessen Mutter, ihre Großmutter Kari, hat sie erst nach meiner Geburt kennengelernt. Vielleicht interessiert sich Mama deshalb so sehr für Verwandtschaft und all das und ist deswegen auch Geschichtslehrerin geworden. Sie hat ganz einfach zu wenig Altes in ihrem Leben gehabt.

Klar freute ich mich auf die Sommerferien, aber genau wie Hakim wollte ich einen *normalen* Urlaub. Zu Opa nach Spanien fahren oder auf einen Campingplatz auf der Insel Öland, wo wir Freunde haben, oder in das Sommerhaus von meiner besten Freundin Fanny. Aber Mama plante plötzlich, dass wir in dieses Haus fuhren. Alle vier. Den ganzen langen Sommer.

Hakim klang jetzt flehend: »Ich wünschte, ich könnte deine Freude teilen, Anna. Aber es wäre schön, wenn du auch uns ein bisschen verstehen würdest. Weil weder ich noch Wilma noch Kari wollen …«

Da presste ich mir das Kissen auf die Ohren und lauschte nicht weiter.

2

Am ersten Ferientag saßen wir im Auto.

Ich, unsere Prinzessin, die Hündin Victoria und meine Schwester Wilma mit Kopfhörer und Handy. Und auf den Vordersitzen Mama und Hakim, die sich *schon wieder* stritten.

»Deine Großmutter ist tot, ihr ist es egal, wo wir unsere Ferien verbringen!«

»Aber es geht doch nicht nur um sie! Es geht auch um mich, ich sehne mich nach einem Sommer in Schweden. In der Gegend, aus der meine Verwandtschaft stammt.«

»Du sehnst dich nach Regen?«

Ich hatte das Feriengeschenk unseres Klassenlehrers auf den Knien. Ein Notizbuch mit einem kleinen Schloss. Alle hatten das gleiche bekommen, wenn auch in unterschiedlichen Farben. Wir sollten darin aufschreiben, was uns in den Sommerferien gefiel, hatte unser Lehrer Emil gesagt.

Meines würde leer bleiben. Das wusste ich.

Ganz einfach, weil es sonnengelb war, kükengelb,

glücksgelb und ich hier saß und weiteren Streitereien zuhören musste und dem Regen, der nicht aufhörte, auf das Autodach zu prasseln, als wollte er es zertrümmern. Und Hakim, der brummelte, dass dies erst der Anfang sei, weil wir in die regenreichste Landschaft Schwedens fuhren.

Ich blickte zu Wilma. Wir sind im Moment nicht gerade beste Freundinnen, meine Schwester und ich. Sie ist ein typischer Teenie.

Doch als Mama von Svärtan, dem Häuschen, und dem Sommer erzählt hatte, hatte sie gebrüllt, dass sie zu Matilda ziehen würde, sollten wir sie zwingen mitzukommen.

In dieser Frage waren Wilma und ich also einer Meinung.

Aber jetzt saß sie doch mit im Auto. Dabei ist sie immerhin vierzehn. Wenn man zwölf ist (oder es zumindest bald wird), hat man NOCH weniger zu melden, sofern das überhaupt möglich ist.

»Will jemand was essen? Oder aufs Klo? Wir haben schon die halbe Strecke hinter uns.«

Hakim rollte auf eine Tankstelle zu und Wilma hob die eine Seite ihres Kopfhörers zwei Millimeter.

»Was?«

»Ich frage, ob jemand etwas möchte.«

»Vielleicht vier Tickets nach Spanien?« Wilma blickte zu Mama. »Oder jedenfalls drei.«

»Jetzt hör endlich auf!«, fauchte Mama sie an.

»Du hast aber auch gar keinen Humor.« Wilma löste ihren Sicherheitsgurt. »Ich komme mit.«

Hakim und Wilma liefen durch den Regen zum Tankstellenkiosk und Mama und ich blieben zurück.

»Kümmere dich nicht um sie, Mama.«

»Danke, Liebling. Keine Sorge.«

»Aber fahren wir mal wieder nach Spanien? Irgendwann?«

»Na klar. Mach dir keine Gedanken, Kari.« Doch als Mama sich zu mir umdrehte, sah sie aus, als würde sie sich selbst riesige Sorgen machen. »Mir fällt da eine Kreuzstich-Stickerei ein, die in Svärtan in der Küche hängt. *Wichtig ist nicht, wie es einem geht, sondern wie man damit umgeht*, steht darauf. Das ist buddhistisch.«

»*Wichtig ist nicht, wie es einem geht, sondern wie man damit umgeht?*«

»Genau. Das war der Lebensgrundsatz meiner Großmutter Kari. Und ich denke, so sollten wir das Häuschen in diesem Sommer annehmen.«

Hm, das klang ja ganz toll.

»Ich meine, wenn es regnet, können wir doch Feuer machen und es trotzdem gemütlich haben! Du wirst den Wald dort lieben, das ist ein richtiger Tausendmeilenwald. Und man kann zu einem Campingplatz radeln, dort gibt es eine Minigolfanlage und einen Kiosk. Außerdem können wir ins Dorf und zur Badestelle fahren. Und Matilda wird kommen und Wilma besuchen. Das wird lustig.«

»Mm.«

Wilmas beste Freundin würde also kommen, aber meine nicht.

Fannys Familie hatte nämlich beschlossen, die Ferien in Holland zu verbringen. Und Mama war offenbar ganz froh, nur einen Sommergast zu haben.

»Aber was ist an dem Häuschen selbst denn gut?«

Immerhin versuchte ich, mich an Urgroßmutter Karis Sprichwort zu halten, oder wie man dieses Gestickte nennen sollte. Ich wollte das Beste aus der Situation machen. An das Positive denken. Mama lächelte mich über die Schulter hinweg an.

»Also, mein Vater ist ja dort aufgewachsen. Und Großmutter Kari, bevor ...« Jetzt lachte sie. »He, ich bin da erst einmal gewesen.«

»Stimmt, warum sind wir eigentlich nie hingefahren?«

»Es ist eben eine ganze Strecke bis dorthin. Und Großmutter war schon krank, als ich sie das erste Mal traf. Wir haben uns nur in verschiedenen Seniorenheimen und Krankenhäusern gesehen. Ich weiß, dass sich irgendein alter Mann um das Häuschen gekümmert hat, aber ich kenne ihn nicht ...«

»Gibt es da Pferde?«

»Pferde?«

»Oder Waldbeeren oder nette Nachbarn?«

»Nein, das Dorf ist ein Stückchen entfernt.«

»Dann vielleicht eine gemütliche Veranda? Eine Hollywoodschaukel? Kirschbäume?«

»Äh …« Mama dachte eine Weile nach. »Wir können ja Kartoffeln anpflanzen.«

Ich wollte wirklich positiv denken. Ehrlich. Aber dazu brauchte ich etwas, das EIN BISSCHEN spannender war als Kartoffeln.

3

Swisch. Es dauerte dreißig Sekunden, um vom einen Ende des Dorfes zum anderen zu fahren. Eine halbe Minute, ich schwör's, so klein war der Ort. Eine Kirche, ein Lebensmittelgeschäft und einige Häuser, die im Regen kaum zu sehen waren.

Und *swosch.* Hinter dem Dorf bogen wir auf einen schmalen Kiesweg ab und der Wald legte sich wie eine kalte, nasse Decke um uns. Es war ein so dichter, ungemütlicher Wald, dass man nichts darin erkennen konnte, und wir wurden alle fünf ganz still, sogar Victoria, die sonst im Auto nie die Klappe hielt. Ich schaute aus dem Fenster und spürte, wie sich die Härchen auf meinen Armen sträubten.

Es wird schon irgendetwas Schönes auf der anderen Seite geben, redete ich mir ein. Bald kommen wir aus dem Wald heraus und sehen wieder etwas Schönes, und da ist dann vielleicht auch dieser See, von dem Mama gesprochen hat.

Aber der Weg schien kein Ende zu nehmen, die Scheinwerfer schweiften über regenblanke Baumstämme und

Büsche entlang der sumpfigen Strecke. Und das einzige Lebewesen, das ich sah, war eine Kröte, die aus einer Pfütze kroch und uns anstarrte. *Tut das nicht! Dreht um!*, schien sie leise zu unken, als Hakim vorbeifuhr.

Ich schloss die Augen. Aber das half nicht. Es roch lehmig und ich hörte Äste, die hohl über den Autolack kratzten. *Passt auf!*, wisperten sie. *Seid vorsichtig!*

»Schau, Kari, ein geköpfter Zwerg.«

Wilma stupste mich und deutete auf eine Reihe alter Briefkästen auf Pfählen. Einer war neben seinem Pfosten auf den Boden gefallen und das sah in der Tat so aus, als stünde da ein Zwerg von Schneewittchen – ohne Kopf.

Meine Schwester und ich kicherten hysterisch. Bis Hakim vom Weg abbog und das Auto anhielt.

»Jetzt sind wir da, Mädchen!«

»Hier? Sollte da nicht ein Haus stehen …?«

Nie im Leben, dachte ich.

Aber Hakim stieg aus dem Wagen und Mama und Wilma folgten ihm. Sie öffneten und schlossen die Autotüren, klappten den Kofferraum auf und holten die Taschen und Beutel heraus. Mama sagte, dass es zum Glück aufgehört habe zu regnen und sie einen Stern durch die Wolkendecke schimmern sehe. Mit einem Knall schlugen sie den Kofferraum wieder zu.

Dann ließen sie mich einfach zurück.

Sie nahmen ihre Taschen und Handys und Victoria und ich saßen plötzlich ganz allein im Auto. Da hockten wir also und sahen, wie sie zwischen den Bäumen verschwanden.

Wenn ich Rentnerin bin, werde ich auch in Spanien wohnen.

Dort gibt es nicht so viel Wald. Und die Sonne scheint und überall sind Leute. Man hört Stimmen und Gelächter und einmal haben wir Delfine gesehen. Opa schwimmt jeden Morgen in einem Pool in der Nähe und dann kauft er Brötchen und die Zeitung in einem Kiosk, der ganz großartige Süßigkeiten hat.

Wenn man Rentner ist, kann das Leben jeden Augenblick zu Ende gehen. Deshalb muss man tun, worauf man Lust hat, sagt Opa. Aus dem Grund kommt er auch nicht mehr nach Schweden, sondern wir fahren zu ihm. Er will einfach nur lesen und Golf und Schach spielen mit anderen alten Männern in karierten Shorts und mit einem Stückchen Papier auf der Nase.

Außerdem hat sein Freund Chimo zwei unglaublich süße Pudel, die man nicht allein lassen kann.

Ich spürte, wie es in meinem Hals brannte vor Sehnsucht nach Opa und den Pudeln. Und vor Angst. Denn wenn man verlassen in einem großen Wald ist, kann das Leben auch jeden Augenblick zu Ende gehen.

Warum?

Ich klappte das Notizbuch auf und schrieb das Wort wütend in riesigen Buchstaben über die ganze Seite. Warum war dieser Ort hier so wichtig für Mama? Und warum hatte Urgroßmutter Mama das Häuschen vererbt? Normalerweise erben doch die Kinder, nicht die Enkel.

Gründe

Ich schmierte quer über eine neue Seite im Buch und starrte dann aus dem Fenster, während ich versuchte, Urgroßmutter Karis Gründe herauszufinden. Aber mir fiel kein einziger ein.

Da kam Hakim zurück, er öffnete meine Autotür und erneut den Kofferraum.

»Kari, komm jetzt!«

Sofort wurde es im Wagen zugig und kalt. Und plötzlich machte Victoria einen Satz über meine Beine hinweg und verschwand nach draußen.

Sie auch! Alle in der Familie verließen mich!

Ich wollte nicht mitkommen, aber auch nicht ganz allein im Auto sitzen bleiben. Daher zog ich an Victorias Halsband, um sie wieder in den Wagen zu zwingen, aber sie sträubte sich. Also nahm ich seufzend meinen Rucksack und stieg aus.

Wir gingen einen Kiesweg entlang und dann einen schmalen Pfad durch den Wald. Es regnete wieder und roch nach Pilzen und Lehm und wir folgten dem Pfad einen Hügel hinab. Schließlich sahen wir das Häuschen. Eine Lichtung im Wald und eine dunkle Silhouette in Form eines Hauses. Als wir näher kamen, erkannte ich Mama, wie sie gerade die quietschende Tür aufsperrte. Und dann Wilma, die eine Glühbirne in der Diele anknipste.

Svärtan war eine dunkle und knorrige Hütte. Die Fenster waren klein und blinzelten verkniffen und die Wände waren aus schwarzen Baumstämmen gezimmert. Das Dach hing schwer über den rauen Wänden, die aussahen, als hätte man sie schon tausendmal gestrichen, mit zähem schwarzem Teer. Und der Steinboden unter den Baumstämmen schien aus der Wikingerzeit zu stammen.

Ich griff wieder nach Victorias Halsband und blieb im Regen stehen. Die Hündin hielt ebenfalls an. Aber dann hörte ich das Fiepen von Fledermäusen und stürzte ins Haus.

Natürlich roch die Luft alt und verbraucht, aber im Inneren sah das Häuschen schon besser aus. In der Diele gab es einen ganz gewöhnlichen Steinboden, Garderobenhaken und eine Hutablage. Und in der Küche standen ein Holzofen und ein blauer Schrank, auf dem Boden lag ein Flickenteppich. Von der Küche ging ein Zimmer ab, dessen Tür Mama gerade öffnete.

»Das ist die Mägdekammer, Kari. Hier könnt ihr schlafen.«

Sie deutete auf zwei schmale Betten in dem kleinen Raum und ich nickte. Aber Wilma kam angerauscht und schrie: »Sollen wir uns etwa ein Zimmer teilen? Mein Gott, wie winzig, muss ich das wirklich?!«

Was heißt da *ich*? Das galt ja wohl für uns beide!

Für mich spielte es keine Rolle, bei Opa teilten wir uns ja auch ein Zimmer, aber Wilma klang so verzweifelt, als hätte Mama gesagt, dass Justin Bieber Hodenkrebs habe. Und dann warf sie sich auf das eine Bett, an dessen Fußende ein Tischchen stand.

»Meins!«

Oh Mann. Ich setzte mich auf das andere, das exakt gleich war, und Victoria schnüffelte in einer Ecke und ging dann hinaus. Ich betrachtete die orange gemusterte Tapete, die Betten, die Spitzengardinen und die blauen Paneele an der Decke. Das Zimmer war eigentlich ganz in Ordnung.

»Wir können es neu streichen, Wilma. Wenn du willst ... Oder die Gardinen austauschen.«

Mama blickte meine Schwester bekümmert an und sie begannen über Farben und Tapeten zu diskutieren. Ich öffnete meinen Rucksack und packte meine Sachen aus. Plötzlich schnupperte Mama in die Luft.

»Riecht es hier nicht irgendwie komisch?« Sie ging zum Fenster und öffnete es sperrangelweit in den Regen hinaus. »Na dann.«

Ich lächelte sie an.

»Wichtig ist nicht, wie es einem geht, sondern wie man damit umgeht.«

4

»Ist es okay, wenn ich meine Sachen aufs Fensterbrett lege?«

Ich stand mit dem Rücken zu Wilma, die mit dem Handy auf ihrem Bett saß. Ich platzierte meinen Spiegel, die Haarbürste und die Büchereibücher in einer Ecke am Fensterrahmen.

»Weil du ja den Tisch hast, meine ich.« Das Notizbuch und das Schlampermäppchen verstaute ich unter dem Bett, und da Wilma immer noch nicht antwortete, drehte ich mich um.

»Wilma, ist es …«

Ich japste erschrocken auf. Das Zimmer war leer. Wilma war weg.

Stumm setzte ich mich auf das Bett und blickte auf die Gardinen, die im Wind tanzten, und auf den Regen, der wie ein Vorhang dort draußen aussah. Was war das hier für ein Ort? Mitten im Wald, ein dunkler Garten und ein schwarzes, düsteres Häuschen. Dazu dieser Name. Svärtan. Schwärze. Das klang irgendwie Unheil verkündend.

Ich stand auf und pfiff nach Victoria. Ein schwarzes Häuschen in einem dunklen Wald. Wahrscheinlich hieß es wegen der mit Teer behandelten Baumstämme so, versuchte ich mich zu beruhigen. Nein, hier war nichts merkwürdig, nichts gefährlich.

»Victoria?«

Ich ging in die Küche hinaus. Victoria war normalerweise immer an meiner Seite, und sonst kam sie, wenn ich sie rief. Aber jetzt nicht. Ich pfiff noch einmal. In der Küche war sie nicht. Und auch nicht im Wohnzimmer oder im Bad.

Aha. Auf der Treppe. Draußen im Regen.

»Was machst du hier?!« Ich zog an ihrem Halsband, damit sie wieder mit ins Haus kam. »Na, mach schon!«

Aber nein. Victoria wollte absolut dort sitzen bleiben, wo sie saß. Dummer Hund! Ich ließ das Halsband los. Was hatte sie bloß?

Und was war mit mir los? Warum bekam ich Angst, weil der Hund unbedingt auf der Treppe hocken wollte?

Ich ging in Mamas und Hakims Schlafzimmer. Hakim kniete vor dem Heizkörper und zuckte zusammen, als ich hereinkam.

»Was machst du da? Oh, entschuldige! Habe ich dich erschreckt?«, fragte ich.

»Nein, ich habe dich nur nicht gehört. Aber ich versuche, uns etwas Wärme zu verschaffen. Und du? Ist die Mägdekammer für euch in Ordnung?«

»Klar. Prima.«

Ich setzte mich auf das Doppelbett, fuhr aber in die Höhe, als plötzlich Blut über Hakims Hände und seinen Pullover spritzte. Es sah dünner aus als gewöhnliches Blut, aber es spritzte ihm auch ins Gesicht und er wandte sich ab und prustete.

Panisch schrie ich auf und Hakim versuchte, das Spritzen abzustellen, aber zwei Hände reichten nicht aus, es hörte einfach nicht auf. Da war wirklich überall Blut!

Hakim brüllte, ich solle das Rohr halten, und rannte in die Küche. Aber ich wollte nicht allein sein in diesem Blutbad, also raste ich hinterher. Und Hakim kam mit Klebeband zurück, presste die Rohrenden zusammen und wickelte das Band darum, während er das Gesicht abwandte.

»Was ist das für Zeug?!«

Hakim eilte erneut in die Küche, um einen Lappen und einen Eimer zu holen, und ich lief ihm wieder nach. Mein Herz hämmerte in meiner Brust und ich konnte kaum atmen.

»Das ist Rost. Im Heizkörper muss Wasser gewesen sein und er ist über den Winter verrostet.«

Rost? Ich schnupperte an meinen Händen und erkannte den Geruch wieder.

»So etwas passiert in alten Häusern, die Heizkörper verrosten.«

»Was machen wir dann jetzt?«

»Stattdessen den Ofen einheizen. Und das Rohr muss ausgetauscht werden.«

Ich nickte, fühlte mich aber immer noch ganz zittrig und elend. Hakim wischte die letzten Spuren im Schlafzimmer auf und ich blieb ihm auf den Fersen. Plötzlich drehte er sich um.

»Was hast du denn, Mädchen? Du siehst ja aus, als wäre dir ein Gespenst begegnet.«

»Ein Gespenst …«

Ich starrte ihn an. Warum sagte er so etwas?

5

Als wir am nächsten Morgen aufwachten, goss es noch immer in Strömen. Nach dem Frühstück fand ich meine Schwester im Wohnzimmer auf dem Sofa. Sie saß vollkommen still da und starrte durch das Fenster auf den Regen. Ohne Fernseher, Kopfhörer, Handy, CD, Zeitung oder Buch auf den Knien.

»Was machst du?« Ich flüsterte. »Bist du krank?«

»Nein, noch nicht.« Sie warf mir einen Blick zu. »Aber ich weiß nicht, ob meine Seele hier sterben wird oder ob wir bei all dem Regen verrotten werden. Was glaubst du?«

»Wie?« Ich setzte mich neben sie auf das Sofa. »Bist du etwa draußen gewesen?«

»Nein, aber hier gibt es kein WLAN! Außerdem hat Hakim das Ladekabel fürs Handy. Und anständiges Fernsehen gibt es hier auch nicht, echt nur Provinzkanäle!«

Ihre Stimme klang ganz zittrig und ihre Augen wurden feucht, als sie auf den klobigen Fernseher vor uns deutete.

»Und das Zweite rauscht.«

»Aber das ist doch nicht so …« Ich versuchte, die passenden Worte zu finden. »Wir sind doch erst gestern Abend angekommen.«

»Darum geht es nicht!« Sie warf die Arme in die Luft und seufzte. »Ich verpasse mein Leben hier, meine Jugend, die vielleicht wichtigste Zeit, in der alles eigentlich nur super sein sollte.«

Sie biss sich auf die Unterlippe und schüttelte den Kopf.

»Aber für dich ist das anders, du bist klein.«

»Das ist es gar nicht. Ich will auch nicht hier sein!«

»Ja, ja …« Sie wedelte mit der Hand vor meiner Nase herum. »Kannst du jetzt gehen? Ich will meine Ruhe haben.«

Ich ging. Es machte mich traurig, wenn meine Schwester so mit der Hand fuchtelte und sagte, dass ich klein sei. Ich füllte Victorias Schüsseln mit Wasser und Futter und dachte, dass mich die Hündin trösten würde. Bei dem Geräusch kommt sie immer angelaufen, mit wedelndem Schwanz und glücklichen Augen, und genau das brauchte ich jetzt. Aber sie erschien nicht.

Hörte sie es nicht?

»Es gibt Essen, Victoria!«

Ich ging auf die Vortreppe hinaus. Dort saß sie.

»Du lief Futter in der Küche! Komm, komm! Bist du denn nicht hungrig?«

Sie roch nach nassem Hund und ihr Fell war ganz

lockig. Trotzdem weigerte sie sich, mit ins Haus zu gehen. Hatte sie die ganze Nacht hier draußen verbracht?

Ich beschwerte mich bei Hakim, der sich in der Küche über eine auf der Bank ausgebreitete Karte beugte.

»Victoria hat ja schon gestern Abend dort gesessen!«

»Sollen wir einen Ausflug machen, Kari? Hier in den Wäldern gibt es vorgeschichtliche Stätten und Wikingergräber.«

»Aber es regnet doch? Und Victoria will nicht reinkommen!«

»Hm. Vielleicht ist es für sie spannend, draußen zu sitzen.«

»Ja, klar, sie mag das sicher total …«, entgegnete ich ironisch. Als ob unser Hund gern im Regen säße! Aber Hakim hörte mir gar nicht zu. Gerade wollte ich ihn fragen, was mit ihm los war – als ich etwas Neues, Merkwürdiges entdeckte.

»Ist das hier eine Luke?«

Genau da, wo ich stand, war eine Spalte im Boden. Ich schob den Flickenteppich beiseite und stellte fest, dass die Ritze am Boden ein Quadrat bildete. Tatsächlich, eine Luke! Mit schwerem Vorhängeschloss.

»Was ist da unten?« Ich trat einen Schritt zur Seite und zog an dem Beschlag und dem Schloss. Dann starrte ich Hakim an.

»Weshalb ist sie verschlossen?«

»Das ist ein ganz gewöhnlicher Erdkeller, Kari.«

Wie, ein Erdkeller? Für mich ist eine Luke im Boden

nicht normal. Und ein Keller in der Erde? Warum hat man den außerdem unter der Küche, noch dazu versperrt mit einem riesigen Vorhängeschloss? Das sah mehr wie ein Verlies aus oder wie eine Vorratskammer für Kannibalen!

Ich ging in die Mägdekammer und schrieb eine Liste in mein Notizbuch.

Wohnzimmer
Mägdekammer
Schlafzimmer
Diele
Küche
Bad
Und ein verschlossener Erdkeller
Wo ist der Schlüssel?

6

Lag es an der Stille, dass das Häuschen so unheimlich wirkte?

Mein ganzes Leben hatte ich mit dem Geräuschpegel der Stadt verbracht. Autos, Busse, Fahrradfahrergeklingel, Hundegebell, Stimmen, das Scheppern der Müllabfuhr, das Rattern des Aufzugs, das Leeren der Recycling-Container, die U-Bahn, Züge, Polizei-, Feuerwehr- und Notarztsirenen. Gemurmel von den Balkonen, aus dem Hof, der Kindergarten an der Ecke, Handyklingeln, Türklingeln, Eiswagen, der Fernseher der Nachbarn, Flugzeuge.

Geräusche! Überall! Tag und Nacht.

Aber hier in Svärtan hörte man rein gar nichts.

Es war früh am Morgen, Wilma schlief noch, und ich reckte mich nach Papier und Stift, um einen Traum aufzuschreiben. Es war kein Albtraum. Ich war nicht mit einem Ruck aufgewacht und hatte Angst gehabt, aber jetzt wirkte er auf merkwürdige Weise nach.

Die meisten Träume verblassen ja im Tageslicht und sind nicht mehr greifbar, wenn man sich an sie erinnern will, aber dieser hier wurde stattdessen immer deutlicher.

Lag das also nur daran, dass es hier so ruhig war?

Ich klettere auf eine rohe Holzleiter. Es ist eng und etwas schwer, sich zu bewegen. Es fühlt sich an, als wäre ich irgendwie in der Vergangenheit. Eine Frau hält die Leiter und sagt, dass ich hinaufsteigen muss, weil ich die Kleinste bin. Soll ich rauf oder runter? Es ist dunkel und etwas kitzelt mich in der Nase. Ich bleibe fast stecken, als ich mich durch eine Luke hinaufhieve, und das Erste, was ich sehe, ist ein altes Wagenrad. Aus Holz. Wo bin ich bloß? Die Frau, die unten an der Leiter steht, treibt mich an und reicht mir eine Reisetasche, die ich offenbar mit hinaufnehmen soll. Aber sie ist so schwer, dass ich beinahe das Gleichgewicht verliere.

URTEIL: 60 % wahr, 30 % merkwürdig, 10 % gruselig.

Ich stand sofort auf, als ich ganz wach war, und versuchte, den Traum abzuschütteln. Draußen in der Küche hatte jemand im Holzofen Feuer gemacht und es knisterte. Ein Geräusch! Ich strich mit der Hand über das Kondenswasser auf der Fensterscheibe. Hakim kam gerade mit einer Decke über den Schultern und einem Brennholzkorb in den Händen auf das Häuschen zu.

Er war gestern noch richtig sauer geworden, weil

keiner mit ihm einen Ausflug machen wollte, und dann hatte er beinahe den ganzen Tag Holz gehackt. Ich schaute in den Garten hinaus, auf die Büsche, die Wand aus Tannen und den Regen, der immer noch wie ein dichter, blaugrauer Vorhang fiel.

Victoria schlüpfte vor Hakim zur Tür herein und ich drehte mich um.

»Oh, hallo! Wie hast du sie dazu gebracht, reinzukommen?«

Hakim zuckte mit den Schultern, hockte sich vor den Ofen und legte mehr Holz nach. Und Victoria lief zu ihren Fressnäpfen. Ich begann, mit ihr zu schmusen, auch wenn man Tiere nicht beim Fressen stören soll. Und dann holte ich ihren Ball und wollte spielen. Den Rücken der angenehmen Wärme des Feuers zugewandt, rollte ich den Ball über den Küchenboden und Victoria hörte auf zu fressen. Sie lief los und brachte den Ball und ich rollte ihn wieder. Hakim lächelte uns zu und ging zur Kaffeemaschine. Er füllte zwei Becher und goss dann Milch in den einen, der offensichtlich für Mama war.

»Kannst du Anna den Kaffee bringen? Sie will um neun Uhr geweckt werden.«

»Aber schau doch …«

Als der Ball über die Luke zum Erdkeller rollte, änderte er die Richtung. Mitten im Raum.

»Ha ha, der Boden ist schief.«

»Nein, warte, ich mach es noch mal. Schau, jetzt.«

Ich nahm den Ball und rollte ihn von der anderen

Richtung aus, um Hakim meine Entdeckung zu zeigen. Und statt direkt auf die Mägdekammer zuzurollen, drehte der Ball auf halber Strecke und kullerte unter den Küchentisch.

»Der Boden kann doch nicht in der Mitte schief sein?«

»Wenn dort eine Erhebung ist.«

»Aber so schaut es nicht aus.« Ich legte mich auf den Bauch und betrachtete die Stelle. »Er wirkt nicht schief.«

Hakim gähnte. »Vermutlich ist das ganze Haus schief«, meinte er. Dann versuchte er, Victoria zu beruhigen, die die Luke anbellte.

»Ist das möglich?«, fragte ich.

»Ja, vielleicht sind wir auf einem Hügel? Aber du musst raus hier, Victoria, wenn du so bellst!«

Hakim öffnete ihr die Tür und die Hündin flitzte, nein, sie warf sich wieder hinaus in den Garten. Dann deutete er mit einem Nicken auf die Kaffeetasse.

»Kannst du Anna den Kaffee bringen, ehe er kalt wird? Ich fahre los und kaufe Frühstück.«

Ich nahm den Becher, blieb aber am Wohnzimmerfenster stehen.

Victoria benahm sich hier eindeutig komisch. Und wir hätten es wohl gesehen, wenn das Häuschen auf einem Hügel stünde? Ich schaute hinaus und sah, dass die Wiese platt wie ein Pfannkuchen war, und die Tannen standen wie eine Mauer um das Haus.

Wer hatte nur genau diese Stelle im Wald ausgesucht

und Svärtan seinen merkwürdigen Namen gegeben? Sollte ich vielleicht Opa anrufen und ihn fragen?

Es war schwer, ihn sich überhaupt hier vorzustellen. Dass er an diesem Ort aufgewachsen sein sollte. Er, der immer so fröhlich war!

Ich starrte weiter durch die beschlagene Fensterscheibe und pulte ein wenig an der Tapete neben dem Fensterrahmen, während ich nachdachte. Das staubtrockene Papier war hellrosa mit weißem Muster und Blasen. Wenn man mit den Fingern darüberstrich, knirschte es wie dünnes Eis auf einer Pfütze.

Aber als ich den Riss sah, hörte ich sofort auf.

Das war jetzt doch nicht etwa *ich* …?

Zuvor waren es ein paar Blasen gewesen, die man kaum sehen konnte, aber jetzt klaffte da ein langer hässlicher Riss zwischen Fenster und Boden. Nur weil ich ein bisschen daran herumgefummelt hatte! Wie war das möglich? Ich guckte, rieb mir die Augen und guckte wieder.

Doch der Riss war noch da. Und er war sehr deutlich zu sehen, weil die Wand hinter der rosa Tapete schwarz war. Rasch schob ich einen kleinen Tisch mit einer Lampe davor, aber man sah ihn immer noch.

»Guten Morgen.« Ich weckte Mama und reichte ihr den Kaffee.

»Aber was ist denn mit dir los, Kari? Hast du schlecht geschlafen?«

Nein … Ich schämte mich nur wegen der Tapete,

doch das wollte ich nicht zugeben. Stattdessen sagte ich: »Aber Hakim scheint müde zu sein. Er hat Feuer gemacht und ist gerade einkaufen gefahren. Habt ihr wieder gestritten?«

»Äh.« Mama trank einen Schluck Kaffee. Dann schüttelte sie den Kopf und seufzte. »Trotzdem sollten wir wohl versuchen, heute einen Ausflug zu machen ... Hakim war gestern ein bisschen traurig.«

Ich hatte das Gefühl, dass sie eigentlich etwas vollkommen anderes hatte sagen wollen, aber ihre Meinung geändert hatte. Und jetzt stellte sie die Tasse auf das Nachtkästchen und stieg aus dem Bett.

»Ist Wilma auch wach? Brrr, ist das kalt.«

Sie rieb die Handflächen aneinander und befühlte ihre eigene und meine Nasenspitze.

»Wir beide sind ja wie zwei Eiswürfel!« Sie zitterte, zog die Reisetasche unter dem Bett hervor und holte die Wollsocken heraus, die sie sonst beim Skifahren trug. »Hier ist es ja nicht einmal im Sommer warm. Stell dir mal vor, wie eisig es früher im Winter gewesen sein muss.«

Sie zog ihre Kleidung und die Socken an und erzählte, dass man in den ersten fünfzig Jahren hier in der Hütte weder Strom noch fließend Wasser gehabt hatte. Nur jede Menge Kinder, die man ernähren und um die man sich kümmern musste.

»Ich habe ehrlich gesagt keine Ahnung, wie das zu schaffen war.«

»Aber wann war das denn?«

»Im Grundbucheintrag steht, dass Svärtan 1912 gebaut wurde. Aber in diesem Jahr wurden viele Häuser in Schweden registriert, die Hütte kann also auch schon früher errichtet worden sein. Aber wenn wir davon ausgehen, dass es 1912 war, im selben Jahr, als August Strindberg starb, du weißt schon, der Schriftsteller, und die *Titanic* einen Eisberg rammte …«

»Ja, ja.«

Ich sagte das spöttisch, weil Mamas Stimme mal wieder ihren Geschichtslehrerinnenton angenommen hatte, und sie lachte.

»Aber jetzt denken wir lieber nicht an Eisberge«, meinte sie. »Komm!«

Sie öffnete die Tür und hatte es so eilig, in die Küche und die Wärme zu kommen, dass sie den Riss in der Wohnzimmertapete nicht sah.

7

Einige Stunden später standen Mama und ich im Regen und blickten auf drei graue Steine, während Hakim sich räusperte, um uns die Informationstafel daneben vorzulesen.

»Also, hört mal, das ist sehr spannend …«

Wir waren etwa eine Stunde zu Fuß unterwegs gewesen, hatten den Wald verlassen und waren im Gänsemarsch zwischen großen schwarzen Äckern dahingestapft, wobei uns nur einige Krähen Gesellschaft geleistet hatten. Dann waren wir den Schildern mit den Markierungen gefolgt, die laut Hakim zu »Vorzeitfunden« führten.

Jetzt schnürte es uns vor Enttäuschung den Hals ab. Da standen tatsächlich nur drei graue Steine. Klar, groß waren sie, aber wie konnte man sie als Wikingergrab bezeichnen?

Hakim las laut vor, während es immer stärker regnete. Er tat mir leid, wie er da stand, die Kapuze übergezogen und mit dunklen Ringen unter den Augen. Und Mama tat mir ebenso leid. Und ich mir auch. Der

Wikingerkönig, der hier vor rund 1200 Jahren begraben worden war, lag nicht einmal mehr dort. Man hatte ihn ins Bezirksmuseum in Falun gebracht, ihn, den ganzen Schmuck, die Waffen und alles, was vielleicht ein bisschen interessant hätte sein können. Mama wollte witzig sein und sagte, dass es dort sicher wärmer war. Aber keiner von uns lachte.

Zum Glück war wenigstens Wilma nicht mitgekommen.

Schließlich gingen wir den langen gewundenen Weg zurück. Stiefelten über Äcker, liefen schaudernd durch den unheimlichen Wald und standen endlich wieder vor der Hütte. Sie glotzte uns schweigsam und schwarz aus ihren Fensteraugen an. Es sah aus, als würde irgendetwas Schweres auf ihr hocken.

»Haben hier früher Mägde gewohnt?«

»Du meinst, weil euer Zimmer Mägdekammer heißt?«

Mama warf mir einen Blick zu und schüttelte den Kopf. »Nein, das hat man damals nur so genannt ... Die arme Fredrika hatte weder eine Magd noch gab es einen Kindergarten, als sie mit all den Kindern allein zurückblieb.«

»Fredrika?«

»Die Mutter meiner Großmutter Kari. Konrad, ihr Mann, arbeitete als Kirchendiener. Du weißt schon, in der Kirche, an der wir am ersten Abend vorbeigefahren sind, auf der anderen Seite des Sees.«

Swisch. Das winzige Dorf mit der Kirche. Und *swosch*, die Dunkelheit und Einsamkeit hier.

»Svärtan war das Diensthäuschen für den Kirchendiener, aber Fredrika und die Kinder durften dort wohnen bleiben, nachdem Konrad bei einem Unglück gestorben war. Wenigstens da hatten sie Glück!«

»Glück?!«

Wenn es für einen »Glück« bedeutete, in dieser Hütte wohnen zu dürfen, dann war man ja wohl echt übel dran.

»Ich gehe Holz hacken.« Hakim schaute Mama sauer an. »Machst du Abendessen, Anna?«

Offenbar wollte er verhindern, dass Mama mir so viel über die Vergangenheit erzählte. Aber als wir ins Haus gingen, fragte ich weiter: »Wie viele Kinder, hast du gesagt? Denn das müssen doch die Geschwister von deiner Großmutter Kari gewesen sein?«

Wir zogen die Stiefel und die Regenjacken in der eiskalten Diele aus und ich versuchte, meinen Zopf über dem Steinboden auszuwringen, damit mein Pulli nicht nass wurde.

»Es waren vier, Kari und drei jüngere Geschwister, um die sich Fredrika allein kümmerte. Ohne Kindergarten, Strom oder fließendes Wasser hier im Haus. Los, hol dir ein Handtuch für deine Haare.«

Was als wütendes Gekritzel begonnen hatte, würde meine Rettung sein. Das begriff ich jetzt.

Ich brauchte jemanden oder etwas, um in diesem

Sommer in Svärtan nicht verrückt zu werden. Und aus Mangel an Walderdbeeren, Freundinnen, Kirschbäumen und freundlichen Nachbarn sollte mein sonnengelbes Notizbuch dieses Etwas werden.

Ich wollte so viel wie möglich über die Geschichte des Häuschens herausfinden, um es hier aushalten zu können und damit die Zeit verging. Und ich wollte auch merkwürdige Dinge aufschreiben. Zum Beispiel Victorias Verhalten. Das Gefühl, dass Svärtan uns anglotzte. Und den Riss in der Tapete, der sich so einfach ausgebreitet hatte.

Noch einmal ging ich ins Wohnzimmer und sah ihn mir besorgt an. Er war so lang! Ich konnte mir immer noch nicht vorstellen, dass ich das gewesen sein sollte, nur weil ich ein bisschen mit den Fingern gepult hatte. Ich maß den Riss mit der Hand aus und starrte ihn an. War er größer geworden?

Das musste ich genau wissen und holte ein Lineal aus der Küche. Vielleicht hatte noch jemand anderes daran herumgezupft? Ohne etwas zu sagen.

Der Riss in der Tapete im Wohnzimmer. 16. Juni: 24 cm.

Ich würde alles in mein Notizbuch schreiben, dann könnte ich vielleicht am Ende des Sommers ein Puzzle zusammensetzen – Stück für Stück.

Wichtig ist nicht, wie es einem geht, sondern wie man damit umgeht.

Vielleicht sollte man wirklich Urgroßmutter Karis

Sinnspruch befolgen? Und die Augen offen halten und Dinge festhalten, auch wenn man sie nicht verstand und nicht jedes einzelne Detail genau deuten konnte?

Ich ging in die Mägdekammer, setzte mich auf das Bett und begann mit Schwung, alles Mögliche aufzuschreiben.

<u>Svärtan, was ich bisher weiß:</u>

- Das Häuschen ist vielleicht 1912 gebaut worden.
- Es war scheinbar ein Unglücksjahr, weil Strindberg starb und die Titanic sank.
- Konrad (Urgroßmutter Karis Vater) bekam die Hütte von der Kirche.
- Konrad starb bei einem Unglück. Schluchz.
- Fredrika (Urgroßmutter Karis Mutter) wohnte dann allein mit den Kindern im Häuschen. Noch mal schluchz.
- Wie schrecklich das im Winter gewesen sein muss! Und KALT!

<u>Leute, die in Svärtan gewohnt haben:</u>

- Fredrika und Konrad
- Kari und drei Geschwister. Wie heißen sie? Leben sie noch?
- Bertil (Karis Sohn, mein Opa in Spanien)
- Anna und Hakim (meine Mama und ihr Freund)
- Ich (auch Kari) und Wilma

Andere Dinge, die ich wirklich gern wissen möchte:

- Ob man seinen Eltern immer vertrauen kann
- Ob Hunde mehr Sinne haben als Menschen
- Was mit den Menschen nach dem Tod passiert

8

Ein paar Tage später regnete es *nicht*, als wir morgens aufwachten.

Wilma backte Scones, die wir im Garten aßen, und es war schön, im Freien zu sein. Ich hatte Svärtans Geglotze den Rücken zugekehrt und schaute auf eine Fahnenstange und ein kleines Austragshäuschen ganz hinten im Garten, das ich noch gar nicht entdeckt hatte. Und nach dem Frühstück nahm ich Victorias Leine und fragte meine Schwester, ob wir eine Runde im Wald laufen wollten.

»Nein, aber geht ihr. Schau nur, wie sie sich freut!«

Victoria hüpfte und tanzte herum, sodass ich ihr kaum die Leine anlegen konnte. Wir liefen auf die Mauer aus Tannen und den kleinen Pfad zu. Der führte uns durch das Gehölz zu einem Kiesweg und ich dachte wieder an Opa.

So aufzuwachsen! Da verstand ich gut, dass man Schweden verließ und es nur noch hell und warm haben wollte.

Nach einigen Metern sahen wir unser Auto. Ich ging

zu ihm hin, legte die Hände an die Scheibe und schaute hinein. Es waren noch keine zehn Tage vergangen, aber trotzdem kam es mir so vor, als wären wir schon unser ganzes Leben hier. Mein Hals schmerzte vor Heimweh und ich probierte die Tür aus. Abgesperrt. Vielleicht sollte ich einen Ausflug mit dem Auto vorschlagen, wenn Hakim wieder etwas unternehmen wollte. Aber in den letzten Tagen hatte er vor allem müde ausgesehen.

Victoria und ich bogen auf einen Trampelpfad in den Wald ein und nach einer Weile kamen wir zu dem Badeplatz am See, von dem Mama gesprochen hatte. Zwei Stege, ein Floß, zu dem man schwimmen konnte, und ein Seil mit Bällen daran, das markierte, wo das Wasser tief wurde. Victoria liebt es zu schwimmen, deshalb platschte sie sofort in den See, aber ich pfiff sie nicht zurück. Es gab keine dunklen Stellen. Kein Loch Ness. Das Wasser sah nicht so aus, als würden darin Seeungeheuer oder Killerwale wohnen. Der See wirkte kalt, aber freundlich.

Ich ging auf einen der Stege hinaus und schaute zurück auf die Wiese mit den Schaukeln, dem Sandkasten, den Abfalleimern und dem Grillplatz. Der Strand sah auch freundlich aus. Er war leer, aber irgendwer musste ja in der Nähe wohnen und manchmal im See schwimmen, sonst gäbe es das Strandbad wohl nicht? Ich setzte mich ans äußerste Ende des Steges und blickte auf den Kirchturm auf der anderen Seite des Sees. Hier war Karis Vater, Konrad, also jeden Tag entlanggegangen, auf dem Weg nach Svärtan oder auf dem Weg zur Arbeit in der Kirche.

Was für ein trauriges Leben, dachte ich.

»Hier, fang!«

Ich hatte einen Stock gefunden, den ich Victoria zuwarf, und sie schwamm zu ihm. Jetzt sah sie mehr aus wie ein Seehund als wie ein Labrador. Ich warf den Stock immer wieder und wir spielten, bis mir kalt wurde. Da warf ich den Stock an Land, stand auf und ging zum Strand zurück. Victoria holte ihn und rannte auf mich zu, wild und glücklich, den Stock quer in der Schnauze. Als sie fast bei mir angekommen war, schüttelte sie sich, wobei das Wasser in alle Richtungen aus ihrem Fell spritzte.

»Du Depp! Warum musst du das genau hier machen?!«

Ich wich zurück, lachte und wartete, bis sie fertig war. Dann fasste ich sie am Halsband und trieb sie an.

»Komm jetzt!«

Aber sie witterte etwas. Sie winselte und zog in Richtung eines Abfalleimers.

»Nein, komm!«

Ich hielt dagegen, damit sie nicht dorthin lief und Essensreste oder etwas anderes Ekliges in sich hineinschlang.

»Komm schon, Victoria …«

Aber Victoria zog nur noch stärker und bellte laut. Und als ich beharrlich blieb, hockte sie sich auf den

Boden und begann zu heulen. Wie ein Wolf! Das machte sie normalerweise wirklich nicht.

»Sei doch still! Komm, wir gehen heim. Dann kriegst du was Feines zu fressen!«

Keine Chance. Sie heulte nur noch lauter und ich schaute mich um. Wie peinlich.

»Leckerlis, Victoria! Wir gehen heim und du bekommst Leckerlis!«

Wieder nichts. Wie sehr ich auch lockte, sie wollte unbedingt zu dem Abfalleimer und einer Mülltüte, die davor im Gras lag.

Also gingen wir schließlich einige Schritte auf die Tüte zu und ich musste feststellen, dass dies keinesfalls ein freundlicher Strand war.

Die Tüte bewegte sich nämlich. Irgendetwas lebte darin.

9

Wie konnte man so grausam sein?

In wilder Hast liefen wir zu Svärtan zurück. Zweige schlugen mir ins Gesicht, während ich durch das Gehölz sprintete.

Am Haus angekommen, rief ich weinend nach Wilma, während ich hinter Victoria die Treppe hinaufstolperte und beinahe hinfiel.

Kaum hatte ich das Gleichgewicht wiedergefunden, schob ich die Hände in die Jackentaschen. Waren die beiden okay, obwohl ich sie so durchgeschüttelt hatte? Ja. Puh. Ich spürte eine kleine kalte Nase in jeder Handfläche und hörte, wie sie fiepsten und maunzten. Genauso wie vorhin, als wir sie gefunden hatten.

»Wilma, komm schnell!«

Irgendein Fiesling hatte zwei Katzenbabys in eine Plastiktüte gesteckt, sie mit einem Knoten fest verschlossen und neben einen Abfalleimer an der Badestelle gelegt.

Ich verstehe nicht, wie man so etwas tun kann! Es war reines Glück, dass Victoria und ich dort hingegangen sind und sie gefunden haben, bevor es zu spät gewesen wäre.

»Uii!«, Wilma fiepte auch, als sie die beiden in meinen Händen sah. »Uiii!«

Die Katzenbabys waren gerade erst geboren worden und klein wie Hamster. Aber dennoch waren es fertige Kätzchen mit spitzen Ohren, Schnurrhaaren, Krallen, Fußballen und perfekten kleinen Schwänzen. Sie krochen und krabbelten übereinander und das eine hatte noch nicht einmal die Augen geöffnet. Es war schwarz und hatte ein weißes Kinn. Das andere war hellgrau mit klarblauen Augen, die verwundert dreinschauten, wenn man mit dem Gesicht nah heranging. Ich ließ Wilma das schwarze nehmen und sie sank auf die Treppe und streichelte den kleinen Kopf behutsam mit dem Daumen.

»Wo hast du sie gefunden?«

Wilma wollte es mir erst gar nicht glauben. Wir saßen auf der Treppe, jede ein Katzenjunges auf den Knien. Das graue, das ich hielt, war einfach wahnsinnig süß. Sein Fell war so weich wie Federn und schimmerte wie Nebel oder Silber. Die Augen waren fernwehblau und rund.

»Irgendein Ekel hat dich deiner Mama weggenommen, aber ich werde mich um dich kümmern …«

Ich flüsterte und es sah aus, als würde das Katzenjunge nicken. Wilma legte einen Arm um mich, und Victoria wedelte mit dem Schwanz, drängelte sich zwischen uns und knuffte uns, dass wir lachen mussten.

Sie freute sich auch sehr über die Katzenjungen. Vorsichtig schnüffelte sie mit ihrer großen Nase und das kleine graue fiepte verwundert und sprang wild auf meiner Handfläche herum, wobei mich seine Krallen kitzelten.

»Glaubst du, wir können ihnen Milch geben?«

»Sie scheinen hungrig zu sein.«

Die Tür ging auf und Hakim kam heraus.

»Meine Güte, was habt ihr denn gefunden?«

Er reagierte genau wie Wilma, er fiepte, dann hockte er sich zu uns und begann zu maunzen und den Kätzchen die Köpfe zu tätscheln.

»Können wir ihnen Milch geben? Dürfen wir sie behalten?«

»Da müsst ihr eure Mama fragen. Sie kauft gerade Farbe ein, also könnt ihr wohl nachsehen, ob wir Milch dahaben …«

»Schau nur, die sind irre hungrig!«

»Ja, dann geht rein und wärmt ihnen einen paar Tropfen Milch auf.«

<u>Liste mit süßen Katzennamen</u>

Findus	Fideli
Muffin	Snilla
Melody	Brumma
Johnny	
Trolle	Kitty
Oscar	

Was für ein Glück, dass Mama im Farbengeschäft war! Denn so konnten wir auf jeden Fall ein bisschen mit den Katzenbabys schmusen und spielen.

Wir haben bereits einen Hund, würde sie sagen. Und wir müssen euch ständig anbetteln, dass ihr euch auch um ihn kümmert. Außerdem müssen wir an Victoria denken, denn bei Hunden und Katzen ist es überhaupt nicht sicher, dass sie sich vertragen. Und wir wohnen in einer engen Wohnung an einer viel befahrenen Straße, dabei sind Katzen es gewohnt, nach Lust und Laune herumzulaufen. Außerdem *zwei* Katzenbabys, das ist verdammt viel Arbeit!

Aber jetzt gerade war Mama nicht da.

Hakim ist beinahe so verrückt nach Tieren wie Wilma und ich, weshalb er uns half, die Katzenjungen zu versorgen. Wir fanden einen Karton mit Deckel, den wir mit einem weichen Handtuch auslegten, und wir erwärmten Milch und gossen sie in eine schöne kleine Schale. Ich taufte das graue Kätzchen Oscar und Wilma nannte das schwarze Justin. Victoria war die ganze Zeit um uns herum und wedelte mit dem Schwanz.

Alles fühlte sich leicht und wunderbar an. Bis wir feststellten, dass die Katzenbabys noch nicht schlabbern konnten.

Hallo, wie füttert man eine Katze, die nicht schlabbern kann?

Justin und Oscar kapierten gar nichts, als wir sie neben das Milchschälchen auf den Boden setzten, sie krochen nur vom Rand weg und piepsten weiter hungrig und unglücklich.

»Guck mal, so …«

Ich hob Oscar wieder vor die Schale, aber er schaute nur verwundert auf die Milch und krabbelte vom Rand herunter. Und Justin war noch schlimmer, er stakste, mit dem Schwanz in der Schüssel, wie ein blindes Huhn herum.

»Aber du musst doch fressen!« Wilma tupfte schließlich ihren Finger in die Milch, hob Justin hoch und hielt ihm den Finger an die Nase. »Iss!«

Er strampelte sich frei und wollte abhauen. Wilma folgte ihm mit dem Finger, auch wenn man Katzen nie zu irgendetwas zwingen sollte. Aber irgendwann bekam sie einen Tropfen Milch in sein Mäulchen und dann ging es ganz schnell! Die kleine rosa Zunge fuhr heraus und Justin fiepte auf eine ganz neue Art, er klang plötzlich viel eifriger.

Ich machte das Gleiche mit Oscar, tauchte den Finger in die Milch und zwang ihn, einen Tropfen zu nehmen. Seine Zunge kitzelte so sehr, dass ich lachen musste. Aber es klappte. Wir brachten sie dazu, zu essen! Tropfen für Tropfen, es dauerte ewig und alles klebte von der Milch, aber das machte nichts. Irgendwann waren die Katzenjungen zufrieden und schliefen in unseren Händen ein.

»Aber was ist das denn, oh, wie niedlich!«

Mama war nach Hause gekommen und wir zeigten

ihr Justin und Oscar. Sie waren gerade dabei, ihre zweite oder dritte Milchmahlzeit zu sich zu nehmen. Wilma und ich redeten wild durcheinander und erzählten, wie ich die Kätzchen gefunden hatte, wie sie hießen und wie wir ihnen einen gemütlichen Karton hergerichtet und das Fressen beigebracht hatten.

»Bitte, können wir sie behalten?«

»Aber die gehören doch jemandem! Sie müssen zurück zu ihrem Besitzer.«

»Der Besitzer hat sie wie Müll in eine Tüte geworfen! Begreifst du das nicht?«

»Stellt euch vor, das war irgendwie ein Missverständnis ...« Mama nickte. »Ich verstehe, was ihr denkt, aber ihr müsst es trotzdem herausfinden.«

»Und wie sollen wir das machen?« Wilma stöhnte. »Wir sind mitten auf dem Land, Mama! Das kümmert keinen, hier werden ständig neue Katzen geboren.«

»Gut, aber hängt auf jeden Fall ein paar Zettel auf. Im Lebensmittelladen und am Campingplatz.«

Hakim schaute zu uns ins Wohnzimmer herein.

»Ich habe ihnen nichts versprochen, Anna.«

»Aber wenn wir Zettel aufhängen und sich niemand meldet, dürfen wir sie dann behalten?«

Wilma quengelte weiter und Mama und Hakim ermahnten sie, wie es Eltern nun mal tun. Aber am Ende bekamen wir die Erlaubnis, die Kätzchen zu behalten. Zumindest eine Weile. Wenn sich niemand meldete. Wilma und ich wechselten einen Blick und wir dachten bestimmt dasselbe über die Zettel. Klein und schlecht zu lesen sollten sie sein.

Dann schaute ich auf den Riss in der Tapete am Fenster und holte das Lineal. Es sah so aus, als hätte schon wieder jemand daran herumgezupft. Wer? Und warum? Denn der Riss konnte ja wohl nicht von selbst größer geworden sein?

Riss in der Tapete im Wohnzimmer, 18. Juni: 26 cm.

10

An Mittsommer fuhren wir zu einem Heimatverein, wo um die Mittsommerstange getanzt wurde. Das hätte Spaß machen können – wenn wir dort jemanden gekannt hätten und der Pissregen nicht gewesen wäre.

Als wir heimkamen, warfen Wilma und ich uns aufs Sofa vor den Fernsehklotz. Hakim hackte Holz und Mama ging durch die Hütte und suchte nach neuen Orten, wo sie nasse Kleider aufhängen konnte. Die Fensterscheiben waren beschlagen und es roch nach Feuchtigkeit und noch etwas anderem.

»Die sind mir wirklich wichtig.«

Ich schaute auf und sah, wie sich Mama verärgert nach ein paar Kissen bückte, die normalerweise auf dem Sofa lagen. Jetzt waren sie über den Wohnzimmerboden verteilt.

»Karis Mutter Fredrika hat sie gestickt.« Sie blickte uns streng an. »Also müsst ihr sie nicht einfach auf den Boden schmeißen.«

»Das war ich nicht.« Wilma grinste mich an. »Das war sie!«

»War ich gar nicht!« Ich gab ihr einen Tritt. »Hör auf!«

»Du kannst sie auf den Tisch legen, Kari. Oder auf den Sessel, wenn sie dir im Weg sind.«

»Aber ich *war* es nicht!« Ich setzte mich auf und sah Mama an. »Ich habe die Kissen nicht angefasst, Mama. Ich schwöre.«

Mama seufzte, stapelte sie auf dem Sessel und drehte sich zu Hakim um, der gerade mit Holz hereinkam.

»Hast du die Kissen auf den Boden gelegt? Die sind mir nämlich wichtig.«

»Nein, warum sollte ich das tun?«

Er warf ihr einen verwunderten Blick zu und ging an ihr vorbei. Und Mama wandte sich wieder mir zu.

»Aber wer war es dann, Schatz? Wenn es weder ich noch Wilma noch Hakim waren …? Es muss ja jemand von uns vieren gewesen sein! Und du hast es ja nicht wissen können, ich bin dir wirklich nicht böse …«

»Nein, aber ich! Und zwar dir!«, fauchte ich und sprang vom Sofa auf. »Weil du Hakim und Wilma glaubst, aber mir nicht!«

Ich lief hinaus und knallte die Wohnzimmertür zu.

Dann knallte ich noch mit der Tür der Mägdekammer und warf mich der Länge nach aufs Bett.

Ich hörte Mama und Hakim durch die Tür. Sie klangen nicht verärgert, nur sehr verwundert.

»Wer sollte es sonst gewesen sein? Die Kissen können ja wohl kaum selbst auf den Boden gehüpft sein?«

»Nein, aber du musst dich bei ihr entschuldigen.«

»Ich weiß, das war dumm. Aber ist das nicht komisch? Als ich hereinkam, lagen alle fünf Kissen an verschiedenen Stellen auf dem Boden.«

Sie hatten aufgehört, mich zu verdächtigen, und das war gut, aber es fühlte sich trotzdem nicht richtig an. Gar nicht richtig. Denn weshalb flüsterten sie? Und wie waren die Kissen auf den Boden gekommen, während wir im Heimatverein gewesen waren?

Die Kissen. Der Riss. Das ungute Gefühl, dass Mama und Hakim Geheimnisse vor uns hatten.

Ich ging zurück ins Wohnzimmer, schob den Tisch beiseite und maß den Riss noch einmal mit dem Lineal. Und dann holte ich mein Notizbuch.

20. Juni. Riss in der Tapete im Wohnzimmer: 27,5 cm.

Dreieinhalb Zentimeter länger in wenigen Tagen. Oder hatte ich schlampig gemessen? Ich maß noch einmal, schüttelte den Kopf und schob den Tisch zurück. Dann ging ich zu Mama in die Küche.

»Kann ich dich was fragen?«

»Hm?«

Ich zögerte und wurde ein bisschen rot, bevor ich ihr den Riss und meine Aufzeichnungen zeigte.

»Das macht doch nichts, Kari! Ich will hier eh neu tapezieren, es gibt so vieles, das gemacht werden muss.«

»Aber hast du daran herumgefummelt?« Ich beobachtete sie genau, als ich fragte. »Denn ich habe es nur einmal gemacht, an dem ersten Morgen …«

Mama war es nicht gewesen. Auch nicht Hakim oder Wilma. Ich sah, dass sie die Wahrheit sagten.

»Ich weiß, dass es bescheuert klingt. Aber es kommt mir irgendwie so vor, als ... als würde es von selbst passieren.«

Ich schaute von ihnen zu dem Riss und schauderte, während ich das sagte. Wilma begann natürlich zu kichern, aber ich erinnerte mich, wie leicht meine Finger über die Tapete gestrichen hatten und wie erstaunt ich gewesen war, als ich sah, was für einen großen Riss ich verursacht hatte.

Seitdem hatte ich die Stelle nicht mehr angefasst. Gar nicht. Und offenbar auch kein anderer. Trotzdem war der Riss größer geworden. Ohne dass irgendwer daran herumgezupft hatte?

»Ich glaube euch ja, das ist es nicht ...« Ich schüttelte den Kopf. »Ich will es doch nur verstehen.«

Hakim zuckte mit den Schultern und verließ das Wohnzimmer. Mama deutete auf Nagellöcher und andere Risse in der Tapete und sagte, sie fände das aber auch ganz schön. Die Spuren seien wie Jahresringe jener Zeit, die jemand in seinem Zuhause verbracht hatte.

»Das sieht man selten in der Stadt, weil da immer alles so neu sein muss. Ich finde, das macht uns irgendwie geschichtsloser.«

»Aber kann eine Tapete denn von selbst kaputtgehen?«

»Irgendwann gehen Sachen nun mal kaputt.«

»Und die Kissen?«

»Natürlich ist das merkwürdig mit den Kissen!« Sie nahm eines, auf dem *Eigener Herd ist Goldes wert* stand, und deutete darauf. »Schau mal, was uns zwei kleine Buchstaben erzählen können ... F steht für Fredrika und R für Rask. Das war Konrads Nachname, den sie bei der Hochzeit angenommen hatte. Und Rask ist ein alter schwedischer Soldatenname! Da kann man gut verstehen, warum es so ein Skandal war, als er sich entschied, Kirchendiener zu werden.«

»Hä?« Ich guckte das Kissen verwundert an. »Wieso?«

»Na ja, er wollte Pfarrer werden. Kam aber aus einer einfachen Soldatenfamilie, in der man erwartete, dass alle Söhne der Krone dienten. Und draußen in der Welt rüstete man sich für den Krieg.«

»Krieg?!«

»Den Ersten Weltkrieg. Konrad war so erzogen worden, dass er sein Land verteidigen sollte, und gab sich stattdessen damit zufrieden, als Kirchendiener zu arbeiten.«

Wieder hatte Mama ihre Lehrerinnenstimme, aber ich sagte nichts. Es war schön, dass sie von normalen Menschen erzählte, die in dieser Hütte hier gewohnt hatten. Das beruhigte mich. Und Mama wollte anscheinend gern erzählen. Sie verscheuchte Wilma vom Sofa vor dem Fernseher, schob es beiseite und zeigte auf einen anderen Riss in der Tapete dahinter, und der ging bis zum Boden hinunter.

»Siehst du, hier ist alles heruntergekommen …«

Ich hockte mich davor und las das Zeitungspapier, das unter dem Riss klebte. Es war eine vergilbte Werbung für irgendein Schneckengift. Dann ging ich zum Fenster und pulte »meinen« Riss noch weiter auf.

»Schau hier, Mama.«

Da unter dem Riss hinter dem Sofa Zeitungspapier klebte, wunderte ich mich natürlich, warum die Wand am Fenster schwarz war. Dort gab es kein Zeitungspapier. Dort klebte eine Postkarte. Eine schwarz-weiße Karte, auf der ein Zirkusaffe mit Strohhut und Minifahrrad abgebildet war.

»Was macht die hinter der Tapete?«

Ich gab Mama die Karte, die sofort eine neue Erklärung hatte.

»So war das eben früher, man isolierte die Wände mit dem, was man zu Hause hatte. Zeitungen, Postkarten, Stroh, Sauerteig.«

Roch es hier deshalb so komisch? Wir drehten die Karte um und der Poststempel zeigte, dass sie im 20. Jahrhundert in den USA abgeschickt worden war. Die Schrift war verwaschen, aber man konnte den Gruß noch lesen.

Wir gratulieren und hoffen, dass Ihr nun nachkommt, damit wir gemeinsam feiern können! Mutter wird es guttun, Svärtan zu verlassen, und Kari und der kleine Bertil werden sich hier auch wohlfühlen. Stand da in blauer Tinte mit schnörkeligen Buchstaben. *Von Vendela, Gustav und Östen.*

»Vendela, Gustav und Östen?«

»Karis kleine Geschwister.« Mama nickte. »Die als Erwachsene nach Amerika ausgewandert sind.«

»Wir haben Verwandte in den USA?«

Erst freute ich mich, dann dachte ich, dass ja auch Opa das Land verlassen hatte.

»Gibt es irgendwen, der in Svärtan gewohnt hat und noch lebt oder noch in Schweden wohnt? Und weißt du, warum Urgroßmutter Kari uns das Haus vererbt hat? Warum hat nicht Opa die Hütte bekommen?«

»Ja, das weiß ich! Sie wollte, dass das Häuschen in Familienbesitz bleibt.«

»Und das wollte Opa nicht?«

»Er ist doch nie hier.«

Mama wandte sich ab, doch ich fragte weiter: »Aber warum war die Hütte denn so wichtig für Kari?« Ich drehte die Postkarte wieder um. »Denn es ist doch sicher nicht so gekommen, wie es die jüngeren Geschwister wollten. Kari und Fredrika sind bestimmt nie nach Amerika ausgewandert, oder?«

»Nee ...« Mama schüttelte den Kopf und dann lachte sie. »Aber wir werden hier drinnen Ordnung machen, du wirst sehen, und dann wird es schön! Vielleicht willst du beim Malern und Tapezieren helfen?«

»Äh, ich weiß nicht ...«

Warum beantwortete sie meine Fragen nicht? Und warum wollte sie so unbedingt renovieren, wenn sie das Alte doch so schön fand? Ich hätte gern etwas über

Jahresringe und Geschichte gesagt, wusste aber nicht genau, was.

»... ich glaube, ich muss die Katzenbabys jetzt füttern.«

Irgendwas ist da mit dem Riss. Und den Kissen.
Was reden Mama und Hakim, wenn ich es nicht mitbekomme?

Ich hörte sie wieder, als ich im Bett lag und schrieb. Verwundert und sehr leise diesmal. Ich legte das Ohr an die Wand, konnte aber trotzdem keine Wörter heraushören.

Dann setzte ich mich neben Wilma und die Katzenjungen. Meine Schwester hatte Milch erwärmt und begonnen, Justin zu füttern, und ich schnappte mir Oscar. Es dauerte immer noch eine Ewigkeit, bis sie sich satt geschleckt hatten, Tropfen für Tropfen, aber es war gemütlich und ich vergaß das Unbehagliche hier. Wir schmusten und spielten zusammen mit den Kätzchen und lachten über Victoria, die die ganze Zeit zwischen Wilma und mir herumstieg, uns mit dem Schwanz ins Gesicht wedelte und sich zwischen uns drängte.

»Jetzt geh mal weg.«

Sie war im Weg, aber ich war so froh, dass sie nun mit uns im Häuschen sein wollte. Sie verhielt sich nicht mehr so merkwürdig wie am Anfang, jetzt war sie wieder richtig lieb. Kaum hatten wir die Kätzchen in die Kiste gelegt, drängelte Victoria sich vor und drückte den Deckel mit der Nase zu. Dann legte sie sich daneben wie eine ägyptische Sphinx.

»Schau nur, wie sie aufpasst!«

»Sie glaubt nicht, dass die beiden eine Sekunde ohne sie zurechtkommen könnten.«

»Meinst du, sie denkt, das sind ihre Welpen?«

»Dummer Hund!« Wir lachten. »Denkst du das?«

Wenn man glaubt, dass man auf diese Weise Welpen bekommt, ist man nicht besonders schlau. Man macht mit seinem kleinen Frauchen einen Spaziergang, schwimmt in einem kalten See hin und her und bekommt seinen ersten Wurf. Sah sie nicht, dass das Katzenjunge waren?

Gerade als wir fertig waren, klopfte Mama an die Tür und streckte den Kopf herein.

»Kari, das habe ich vergessen zu sagen: Wenn du willst, kannst du ruhig mehr von der Tapete im Wohnzimmer abreißen und auf den Wänden malen und zeichnen. Ich will ja sowieso renovieren. Nutze die Gelegenheit.«

Wilma kicherte und ich wurde rot und zog als Antwort eine Grimasse. Glaubte sie immer noch, ich hätte den ganzen Riss verursacht? Und an die Wände malen – das war ja wohl was für Dreijährige?

11

Ein neuer Traum: Ich habe altmodische Kleidung an, Schnürstiefel und ein Kleid. Es ist kalter Winter, beim Ausatmen schwebt die Luft wie eine Wolke aus dem Mund, und das ist komisch – weil wir hier sind. In Svärtan. Was machen wir mitten im Winter auf dem Land?

Ich laufe von der Schule nach Hause. Den See entlang und durch den Wald. Und ich bin wegen etwas besorgt, aber auch stolz.

»Du bist ein schlaues Köpfchen wie dein Vater, Kari … Grüße deine Mutter und sage ihr, dass du hier noch einige Jahre zur Schule gehen solltest! Sag, dass dein Vater stolz auf dich wäre und das auch gewollt hätte.«

Die Worte der Lehrerin wärmen mich. Aber aus irgendeinem Grund glaube ich, dass Mama wütend sein wird. Aber warum?

BEURTEILUNG: 40 % verwirrend, 40 % wirklich, 20 % gruselig.

Ich wachte mitten in der Nacht auf und schrieb den Traum in mein Notizbuch. Dann lag ich da und lauschte dem dünnen Fiepen und dem Rappeln der Katzenbabys im Karton und Victorias tiefem Schnarchen. Mit Geräuschen im Zimmer fühlte ich mich besser.

Der sanfte Schein der Morgendämmerung stahl sich durch die Spitzengardinen. Alle anderen schliefen, nur ich war wach.

Oder halt, da bewegte sich doch etwas in der Küche. War das wieder Hakim?

Zweimal war ich in dieser Nacht schon aufgestanden und hatte die Kätzchen gefüttert und beide Male war er auch da gewesen. Jetzt hörte ich, wie er im Ofen Feuer anzündete und die Kaffeebecher daraufstellte. Warum schlief er nicht? Er beklagte sich doch dauernd, dass er müde sei.

Da war Wilma ganz anders. Sie schlief wie ein Stein. Als die Katzenjungen zum dritten Mal zu fiepen begannen, rüttelte ich Wilma, damit sie aufwachte.

»Jetzt bist du dran. Na los!«

Es war ja wohl genauso ihre Aufgabe, ihnen Milch zu geben.

»Okay, okay …«

Wilma rappelte sich auf, schlurfte in die Küche und erwärmte Milch für die Kätzchen. Wir fütterten sie gemeinsam, weil ich eh nicht mehr schlafen konnte. Und es war so gemütlich mit den Katzenbabys. Als Wilma wieder eingeschlafen war, lag ich weiter wach da, starrte an die Decke und dachte, dass es in Svärtan doch ganz okay war.

Aber die Träume störten mich.

Ich schlief die ganze Zeit unruhig und diese beiden besonders deutlichen und wirklichen Träume verstand ich nicht. Außerdem passierten noch mehr Dinge, die wir nicht durchschauten.

Als Mama und ich die alte Tapete im Wohnzimmer abreißen wollten, um neu zu tapezieren, lösten sich große Fetzen und fielen von selbst ab. Wir konnten in einer Ecke ziehen und die Tapete fiel in einer anderen herunter. Mama glaubte, es läge am Wind, der Feuchtigkeit oder dem Regen, aber mich erschreckte es. Und als sie zu spachteln begann und der Kitt herunterfiel, war sie auch verwirrt. Ich hörte, dass sie mit Hakim darüber leise in der Küche sprach.

Erst dachte ich, dass Wilma dahintersteckte. Aber der Kitt sprang auch ab, als wir im selben Raum saßen und fernsahen! Als würde sich jemand in den Wänden bewegen. Jemand, der herauswollte.

Das gefiel mir gar nicht. Ich musste einfach immer daran denken, dass Svärtan versuchte, uns etwas zu sagen. Ich hatte ja schon einiges über Fredrika und Kari herausgefunden, dank der Postkarte und des Risses in der Tapete. Vielleicht gab es auch eine Erklärung für den Ball und die Träume und Victorias Verhalten am Anfang. Vielleicht waren es Puzzlestücke, die ich würde zuordnen können, sobald ich mehr davon hatte.

Ich schrieb alles in mein gelbes Buch, wodurch es sich tatsächlich weniger gruselig anfühlte.

Aber können Häuser einem etwas sagen wollen?
Und geht es nur um mich?

In der Frühe war ich von Träumen geweckt worden. Jetzt saß ich neben dem Küchenofen und dachte darüber nach, als Hakim plötzlich hereingestürmt kam. Es war noch nicht einmal sieben Uhr, ich ging davon aus, dass er noch schlafen würde.

»Hallo, wo bist du gewesen?«

»Schau, was ich gefunden habe!« Er schnaufte, als wäre er draußen laufen gewesen, und knallte eine verrostete Eisenschiene vor mir auf den Tisch. »Einen Schlittschuh.«

Ich untersuchte Hakims Fund und wunderte mich, als er im Stehen neben der Kaffeemaschine eine Tasse in großen Schlucken leerte.

Vorsichtig drehte ich die Eisenschiene um und sah, dass sie vier alte, brüchige Lederriemen auf der Unterseite hatte. Ja, vielleicht war das ein Schlittschuh, aber was war so besonders daran?

»Aber verstehst du nicht, Kari …«

Hakim fuhr sich mit den Händen durch die Haare und starrte aus dem Fenster in den Garten hinaus.

»Ich wollte den Rasen mähen und dann lag er einfach da! Mitten auf der Wiese!«

Ich guckte immer noch verwundert und er fuhr fort:

»Das Gras war frisch geschnitten, als wir ankamen, es gibt ja jemanden, der sich um den Garten kümmert. Aber das Ding da – das ist hundert Jahre alt!«

»Dann wird es wohl einer verloren haben?«

»Und wer könnte das gewesen sein?«

»Es muss ja nicht hundert Jahre auf der Wiese gelegen haben, sondern nur kurz, bis du es gefunden hast …«

Was hatte er bloß?

»Ist noch etwas anderes passiert, als du draußen warst?«, fragte ich.

Hakim murmelte irgendetwas und ich beugte mich vor.

»Was?«

»Äh, entschuldige.« Er strich sich mit den Händen über das Gesicht und schüttelte den Kopf. »Du hast recht. Ich bin nur ein wenig müde, vergessen wir es. Ich habe einige Nächte schlecht geschlafen.«

Er stellte die Tasse in die Spüle und ging wieder hinaus.

Ich starrte ihm eine Weile nach und dann entdeckte ich plötzlich etwas. Den Wandteppich. Er hing an einer schmalen Wand, verborgen zwischen einem Küchenschrank und dem Ofen.

Wichtig ist nicht, wie es einem geht, sondern wie man damit umgeht.

Das war der Spruch! Ich sprang auf und spürte, wie ich ganz glücklich wurde. Es gab sie noch, Urgroßmutter Karis buddhistische Stickerei.

Seltsam, dass ich sie nicht früher gesehen hatte. Der Wandteppich war stockfleckig und verschlissen, aber ich nahm ihn trotzdem als ein Zeichen: Dass ich ihn bisher übersehen und nun entdeckt hatte, bedeutete, dass ich weiterhin alles Merkwürdige aufschreiben sollte, das uns hier in Svärtan passierte.

Hakim und Mama konnten ruhig kommen mit ihren knappen Erklärungen und Geheimnisse haben oder sich gegen das sperren, was Svärtan uns sagen wollte. Die Renovierung des Wohnzimmers hatte damit geendet, dass Mama Gipsplatten über die gesprungenen Kittstellen schraubte. Jetzt hingen dort neue, glatte Tapeten und alles Alte war dahinter verborgen.

Das konnte man machen.

Aber ich deutete die Botschaft auf dem Wandteppich so, dass wir es anders anstellen sollten.

<u>Leute, die in Svärtan gewohnt haben:</u>

Fredrika und Konrad.

Die Kinder Kari, Gustav, Östen und Vendela.

Karis Kind (mein Opa) Bertil.

Gustav, Östen und Vendela wandern in die USA aus.

Bertil zieht nach Spanien.

Kari wohnt allein weiter in Svärtan.

Wenn Bertil das Häuschen geerbt hätte, hätte er Svärtan verkauft, sagt Mama.

Anna und Hakim erben Svärtan und Hakim erschrickt vor einem Schlittschuh.

Vendela, Gustav und Östen. Sie wollten, dass Fredrika und Kari Svärtan verlassen, so steht es auf der Postkarte. Ich würde wieder Mama fragen müssen – oder Opa anrufen. Sie fragen, ob die drei noch lebten und ob wir ihre E-Mail-Adressen hatten. Vielleicht gab es hier im Dorf eine Bibliothek mit Computern und Internet. Und wenn sie tot waren, gab es wohl Kinder und Enkel in den USA.

Vielleicht war darunter sogar ein elfjähriges Mädchen, genau wie ich? Ob sie dann Schwedisch verstand, oder würde ich auf Englisch schreiben müssen?

Hello, how do you do? I am fine.

Yes, no problem! But do you know why Kari wants to keep the Svärtan? Ich überlegte mir verschiedene Sätze auf Englisch und spürte, wie mein Mut wuchs. Vielleicht gab es dort jemanden, den man direkt fragen konnte: What is the problem with Svärtan?

Hm. Zunächst einmal würde ich Mama fragen müssen. Oder Hakim. Wohin war der eigentlich verschwunden? Ich schaute aus dem Fenster auf den Regen, der gegen das Dach trommelte, und holte meine Regenjacke.

12

»Weshalb bist du *hier*?«

Hakim saß im Auto draußen auf dem Kiesweg und schlief. Er hatte den Fahrersitz zurückgelegt und seine Jacke über sich gebreitet. Ich klopfte ans Fenster.

»Wohin willst du?«

Erschrocken riss er die Augen auf, schaute mich verlegen an und ließ das Fenster ein wenig herunter.

Ich fragte weiter: »Warum schläfst du nachts nicht in eurem Bett? Ich habe dich heute Nacht gehört, als du auf warst.«

Er rieb sich mit den Händen über das Gesicht und gähnte.

»Ich versuche es! Aber ich werde die ganze Zeit geweckt.«

Von was? Ich blickte über den Kiesweg und in den Wald.

»Hier ist es ja wohl mucksmäuschenstill.«

»Kannst du mich nicht einfach eine Weile hier sitzen lassen?« Hakim seufzte und fuhr das Fenster wieder hoch. »Und du musst es nicht Anna erzählen, dass du mich hier gefunden hast … oder Wilma.«

»Ich soll nicht sagen, dass du im Auto schläfst?« Ich steckte die Hand in den Fensterspalt, sodass er es nicht schließen konnte. »Hast du das vorher auch schon gemacht?«

»Es würde ihr nur leidtun.«

»Mama? Weshalb?«

»Weil ich nicht schlafen kann! Ich habe versprochen, dem Häuschen hier eine Chance zu geben! Bitte, Kari.«

»Okay …« Ich sah ihn zögernd an und nickte. »Aber kannst du mir erklären, warum du Angst bekommen hast, als du einen Schlittschuh gefunden hast?«

Er zuckte mit den Schultern und kniff die Lippen zusammen.

»Hör auf, mich wie ein Baby zu behandeln!« Jetzt wurde ich stinksauer. »Ich kriege nämlich sehr wohl mit, dass du und Mama über all das Merkwürdige sprecht, wenn ich nicht dabei bin!«

Hakim saß schweigend da. Ich verschränkte die Arme vor der Brust und wartete. Und als er schließlich begriff, dass ich nicht aufgeben würde, beugte er sich zu mir und flüsterte: »Es ist nur so, dass … dass ich hier in Svärtan ein bisschen komisch träume.«

Er auch! Ich schnaufte, brachte aber kein Wort heraus. Also hatte es doch irgendetwas mit diesen Träumen auf sich!

Zuerst freute ich mich. Ich war nicht die Einzige, die

unruhig schlief. Hakim wurde in dem Häuschen auch von merkwürdigen, sonderbaren Träumen gestört. Das hieß wohl, dass sie auf irgendeine Weise wichtig waren.

»Hakim, was bedeuten deine Träume?«

»Äh, ich weiß nicht, Kari.«

»Aber was träumst du so?«

»Bloß so Verschiedenes.« Er schüttelte den Kopf. »Was träumst du?«

Wir saßen nach dem Frühstück auf der Treppe vor dem Haus und redeten. Es war schön, mit ihm zu sprechen und ernst genommen zu werden, aber Hakim war genauso verwirrt wie ich. Er hatte keine Antwort.

»Was, glaubst du, wollen sie uns sagen?«

»Weiß ich nicht. Vielleicht sollten wir nicht darüber nachgrübeln.«

Ich sah ihn prüfend an. Meinte er *wir*, oder dass *ich* nicht darüber grübeln sollte?

Ich fragte weiter: »Aber was machst du, wenn sie dich erschrecken?«

»Tja, wie bei einem Albtraum, ich stehe für eine Weile auf.«

An diesem Abend traute ich mich nicht einmal einzuschlafen. Ich hatte ein schauriges Gefühl in der Brust. Also lag ich da und las lange, obwohl Wilma sich beschwerte, dass die Lampe sie störte. Als sie schlief, tapste ich hinaus und versuchte, Kaffee zu trinken. Aber der war genauso bitter und eklig wie sonst auch, das half nicht. Außerdem roch er nach Furz und meine Augenlider wurden so schwer, dass sie zufielen. Ich versuchte, sie mit Streichhölzern offen zu halten.

Ein Tipp: Macht das nicht. Es funktioniert nicht und tut bloß weh.

Schließlich war ich so müde, dass ich es nicht einmal schaffte, mich noch vor den Träumen zu fürchten. Und dann schlief ich wie ein Murmeltier.

13

»Kari ... Kari, wach auf!«

Mamas Stimme drang wie durch einen Nebel zu mir hindurch und ich sah ihr Gesicht über mir schweben. Weshalb hatte sie die Tür abgeschlossen?! Ich wollte gerade fragen, da wurde mir klar, dass Mama sie nur in meinem Traum abgeschlossen hatte.

»Du hast geschrien, Schatz. Hattest du einen Albtraum?«

Hatte ich? Ich setzte mich auf und starrte zu dem Bett auf der anderen Zimmerseite. Es war leer.

»Wo ist Wilma?«

»Aber Liebling, was ist denn?«

Mein Herz schlug hart in meiner Brust und ich versuchte, mich zu erinnern und dem Traum nachzuspüren. Nein, das war kein Albtraum gewesen. Aber er war noch stärker gewesen als die bisherigen, und kaum war ich aufgewacht, wuchs er in meinem Körper.

»Hast du wieder einmal geträumt, du wärst jemand anderes?«

Mama warf mir einen Blick zu, setzte sich auf die Bettkante und schaute zum Fenster hinaus.

»Nein.« Ich schüttelte schnell den Kopf.

Aber sie wandte sich mir wieder zu und redete leiser weiter: »Hast du von jemandem geträumt, der … der auf das Eis hinausgegangen ist?«

»Was? Nein!« Ich schaute sie verwundert an. »Weshalb sollte ich das?«

Ich wartete darauf, dass sie es erklären würde, aber stattdessen stand sie auf und holte einige Papierrollen.

»Schau mal, Kari!«

Neue Tapeten. Sie hielt sie in unserem Zimmer gegen die Wand.

»Es wird so schön werden hier drinnen. Ein richtig süßes Mädchenzimmer.«

»Aber Mama, was hast du gerade über das Eis gesagt?«

»Ach, ich verstehe gar nicht, warum ich über Eis und Eisberge geredet habe!« Sie lachte. »Wir haben ja schon am ersten Morgen festgestellt, dass es im Haus kalt ist.«

Und dann stutzte sie und schnupperte.

»Aber irgendetwas mieft hier drinnen, oder?«

Ich roch nichts, doch Mama öffnete das Fenster.

»Ich dachte ja immer, der Geruchssinn würde mit dem Alter schlechter werden. Nicht besser.«

»Nach was riecht es denn?«

»Irgendwie nach Erde. Nasser Zeitung. Und dann noch nach etwas anderem, etwas Braunem …«

Etwas Braunem? Ich kicherte und sie sagte, wir würden jetzt frühstücken. Gut. Gleich. Ich streckte mich nach dem Stift und dem Notizbuch unter dem Bett aus.

Es schneit, sodass ich kaum den Waldweg sehen kann, aber ich stapfe weiter. Rock, Strickjacke und glatte Stiefel. Es ist nicht leicht, zu gehen. Aber ich muss den Gruß von meiner Lehrerin überbringen und Mama erklären, wie gerne, gerne ich weiter in die Schule gehen will. Allein der Gedanke, mich von meinen Freundinnen zu trennen und anzufangen zu arbeiten, bringt mich zum Weinen. Und ich begreife nicht, wie ich das schaffen soll, ich sehe ja, wie müde Mama abends immer ist.

Endlich, Svärtan! Die Fenster sind erleuchtet und ich renne durch das Gehölz, ich freue mich so.

Aber die Tür ist abgeschlossen. Abgeschlossen? Ich rüttle an der Klinke, rufe und schlage hart gegen die Tür, damit Mama aufmacht, weil mich irgendetwas an dieser verschlossenen Tür verwirrt.

»Schsch …«

Als sie öffnet, bekomme ich einen Schreck, weil ich merke, dass etwas nicht stimmt. Sie schlingt sich den Schal um und kommt heraus, statt mich ins Haus zu lassen, und hält sich den Finger an die Lippen. Ich soll ihr folgen, ohne den Kleinen ein Wort davon zu sagen.

Was ist passiert, wohin gehen wir, wovor hat sie

Angst? Ich würde es ja verstehen, wenn sie verärgert wäre, aber ich habe doch noch gar nicht ausrichten können, was die Lehrerin gesagt hat!

BEURTEILUNG: 10 % verwirrend, 50 % wirklich, 40 % gruselig.

Als ich in die Küche kam, war der Frühstückstisch fertig gedeckt. Mama wollte sich gerade hinsetzen, da schnupperte sie wieder in der Luft und ging zu der Bodenklappe des Erdkellers. Ich starrte sie an, während sie sich hinkniete und prüfend an den Scharnieren roch.

»Kommt der Geruch von dort?«

»Nein.«

Mama schüttelte den Kopf, lächelte mich an und stand wieder auf. Aber ich konnte das nicht so schnell abtun. Was war das eigentlich für ein Keller?

»Warst du mal da unten, Mama?«

»Nein, ich weiß gar nicht, wo der Schlüssel ist.«

Sie legte zwei Brotscheiben in den Toaster und Hakim brachte den Kaffee. Aber Wilmas Stuhl war noch immer leer. Ich sah mich in der Küche um und fragte die beiden nach ihr.

»Sie kommt sicher gleich. Ich denke, wir fangen schon an zu essen«, meinte Mama.

»Ohne Wilma …?«

Ich schaute sie verwundert an und ging Wilma im Haus suchen. Aber meine Schwester war nirgends, nicht einmal auf dem Klo. Also öffnete ich die Fenster zu beiden Seiten und rief nach ihr. Aber es war eher unwahrscheinlich, dass sie draußen war, weil sich der Regen in Strömen auf die Wiese ergoss und hart auf die Fensterbleche prasselte.

»Wann habt ihr sie zuletzt gesehen?« Widerwillig setzte ich mich zu Mama und Hakim an den Tisch. »Wundert ihr euch etwa gar nicht, dass Wilma fort ist?«

»Iss jetzt, Kari. Sie ist wohl spazieren gegangen.«

Spazieren? Ich schaute Hakim verwundert an, der mir den Brotkorb hinhielt. Der Regen ergoss sich wie die Niagarafälle von der Dachrinne in die Regentonnen, und ich dachte an unseren Schulausflug im Frühjahr, zu dem nur Wilma und Matilda in Jogginghosen und Kapuzenpullis erschienen waren, obwohl es geschüttet hatte. Stiefel tragen Teenager schon manchmal, aber sie verweigern sich definitiv jeder Form von Regenkleidung, und das ist ja wohl allgemein bekannt. *Null Chance*, dass Wilma freiwillig nach draußen gegangen war.

»In dem Fall, muss sie gekidnappt worden sein! Oder sie wurde mit einer Pistole gezwungen, das Haus zu verlassen.«

»Schatz, mach dir keine Sorgen. Willst du dein Ei hart oder weich gekocht?«

Mama schlug vor, wir sollten nach dem Frühstück in den Baumarkt fahren und nach einem neuen Küchenboden schauen. Wenn es weiter so regnete, würden wir etwas brauchen, das uns aufmunterte und uns ein wenig Energie gab. Sie fand es jedenfalls großartig, zu renovieren und alles hübsch zu machen. Hakim rieb sich die Augen und meinte, wir sollten stattdessen besser heimfahren.

»Seid ihr verrückt geworden?« Der Bissen Ei auf Butterbrot wuchs in meinem Mund und ich hatte auf einmal einen Kloß im Hals, den ich nicht runterschlucken konnte. Ich sprang auf, spuckte den Matsch in den Mülleimer und warf das Brot hinterher. »Wir müssen doch Wilma finden!«

Hakim nickte und stand ebenfalls vom Tisch auf. Aber dann nahm er Victorias Ball und hielt ihn mir hin.

»Zeig erst mal Anna, wie schief es hier ist!« Er wandte sich Mama zu. »Nur damit du weißt, was du hier alles wirst begradigen müssen. In diesem Haus kann man wirklich nicht einfach einen neuen Boden verlegen.«

Ich hielt die Hände hinter dem Rücken, während er mir mit dem Ball zuwinkte. Nein danke. Wir müssen Wilma suchen, sofort!

Aber Mama seufzte: »Meine Güte, was du immer für Probleme siehst bei allem, was ich vorhabe, Hakim!« Sie nahm den Ball und rollte ihn über den Küchenboden. »Wenn du müde bist, solltest du dich wohl einfach hinlegen. Schief?«

Der Ball rollte gerade über den Boden und Hakim und ich glotzten ihm hinterher.

»Schau nur, der Boden ist gar nicht schief!«

Mama warf Hakim einen Blick zu und holte den Ball. Kerzengerade war er dahingerollt. Wie war das möglich? Mama rollte ihn noch einmal und ich hörte, wie Hakim murmelte: »Vor Kurzem war er es jedenfalls …«

Jetzt gab ich es auf, den Ball zu beobachten, und ich gab es auf, zuzuhören. Der Streit zwischen Mama und Hakim brach unerbittlich los und ich verschwand schnell zu Oscar und Justin in die Mägdekammer. Die beiden fiepten laut und kletterten übereinander, sobald sie mich sahen. Sie waren so hungrig, als hätten sie die ganze Nacht über keinen Tropfen Milch bekommen, und das machte mich noch unruhiger.

Wie lange war Wilma schon weg?

Ich beeilte mich, etwas Milch zu erwärmen und die Kätzchen zu füttern. Dazu tippte ich zwei Finger in die Schale und schaffte es, dass die beiden gleichzeitig schleckten. Und dennoch kam es mir so vor, als würde es ewig dauern, sie satt zu bekommen. Im Moment erschien mir das gemütliche Herumspielen mit den Kätzchen wie eine lästige Pflicht. Ich zog das Fenster zu, um den Regen nicht mehr zu hören, und die Tür, um den Streit auszusperren. Aber ich hörte ihn doch. Und es war so einsam, sich um die Katzenjungen zu kümmern – ohne Wilma.

Als Oscar und Justin ihre Näschen abwandten und zu gähnen begannen, war ich richtig froh. Satt. Ich legte sie in den Karton und sie krochen und krabbelten schon halb im Schlaf zusammen. Es sah aus, als könnten sie einander nicht nah genug kommen, und ich streichelte ihre weichen, warmen Rücken ein wenig neidisch.

Was, wenn Wilma nun fort war?

Traurig setzte ich mich auf mein Bett, blickte auf ihres, das zerwühlt und unordentlich war, und schaute in den Regen hinaus.

Vielleicht ist es ganz in Ordnung, Einzelkind zu sein, wenn man es nicht anders kennt, aber wenn man tatsächlich eine Schwester hat …

Die Tränen begannen zu laufen und ich kramte mein Handy aus dem Rucksack. Komplett entladen. Rasch schloss ich es an der Steckdose an. Dann scrollte ich zu Wilmas Nummer, rief sie an und hörte meinen eigenen Herzschlag, während ich das Handy fest ans Ohr presste.

Riiing. Riiing.

Wilmas Handy lag unter ein paar Pullovern auf dem Tisch am Fußende ihres Bettes.

Ich raste in die Küche zu Mama und Hakim. Jetzt war es ernst! Ein Teenager, der *ohne* sein Handy in den Regen hinausging – das war in etwa so, wie wenn Lady Gaga Landwirtschaftsministerin im Senegal würde.

14

»Aber wie sollen wir denn suchen, ohne uns aufzuteilen?« Mama schaute mich verwundert an und fügte hinzu: »Du hast doch sonst nie ein Problem damit, allein zu sein, Kari?«

»Aber hier ist nichts wie sonst!« Ich stand in der Küche und schrie, Wilmas Telefon in der Hand.

»Merkt ihr nicht, dass ich es kapiert habe, glaubt ihr, dass ich so klein und dumm bin? Ich sehe doch, dass ihr nur so tut, als wäre alles ganz normal!«

Hakim hatte vorgeschlagen, er könne ins Dorf fahren, zur Kirche und auf den Campingplatz, und die Leute fragen, ob sie Wilma gesehen hätten. Mama wollte Victoria mitnehmen und den Wald rund um das Häuschen durchstöbern. Und ich sollte hier warten, falls Wilma auftauchte.

Aber ich weigerte mich, allein in Svärtan zu bleiben. Konnte ich nicht mit in den Wald? Ich wollte nämlich auch nicht, dass Mama allein dort unterwegs war. Die Diskussion endete damit, dass wir alle drei unsere Regensachen und Stiefel anzogen.

»Komm, Victoria, komm!«

Die Hündin stellte sich schlaftrunken in die Tür und schaute hinaus in den Regen.

»Kannst du Wilma für uns finden? Ja, Wilma!«

So schnell konnten wir gar nicht schauen, wie Victoria schnurstracks zu dem Austragshäuschen flitzte.

Und dort, in einem der beiden Räume, lag Wilma und schlief tief und fest, laut schnarchend.

»Hallo, was hast du dir dabei denn gedacht?« Ich stürmte hinein und riss ihr die Decke weg. »Kapierst du nicht, dass wir uns Sorgen gemacht haben?«

»He, Hilfe, hör auf!«

»Und dass wir uns um die Katzenjungen kümmern müssen, wenn sie überleben sollen! Sie wären heute Nacht fast verhungert. Glaubst du, dass *ich* sie die ganze Zeit füttern werde?«

Wilma kroch an die Wand, legte die Arme um die Beine und schaute mich jämmerlich an.

»Nein, entschuldige ... entschuldige, Kari. Ich war nur so müde. Ich musste schlafen.«

»Aber vielleicht kannst du mal anfangen, Verantwortung für die Kätzchen zu übernehmen!«

»Wie wäre es, wenn ihr einen Plan macht und euch abwechselt?«, fragte Mama.

»Wir hatten einen Plan!«, schnaubte ich. »Aber Wilma ist eine Egoistin, die nur an sich denkt. Ich musste die ganze Zeit mithelfen und heute Nacht wärst du dran gewesen!«

»Aber wie oft brauchen die in einer Nacht Milch? Und wie lange soll das so gehen? Es ist superstressig, dass sie nicht selbst fressen können!«

»Ha, ha, wenn du wüsstest, wie du uns als Baby nächtelang wach gehalten hast«, meinte Mama.

Ah, jetzt ging es endlich einmal darum, dass auch Wilma einmal ein Baby gewesen war. Ich lächelte.

»Da hörst du es! Und ich bin genauso müde wie du! Aber Justin und Oscar haben gerade ihre Mama verloren und da dürfen wir sie nicht im Stich lassen …«

»Komm, wir gehen und machen einen neuen Plan, Kari.« Mama legte mir einen Arm um die Schultern und wollte mit mir das Austragshäuschen verlassen. »Und dann werde ich euer Zimmer weiter herrichten.«

Hakim seufzte und blickte uns an.

»Hat hier keiner außer mir heute Lust auf einen Ausflug …?«

Wilma und ich schüttelten den Kopf und Mama hörte nicht einmal zu, sie sprach weiter mit mir: »Vielleicht brauchen die Kätzchen auch mehr Milch? Wir sollten einkaufen fahren.«

15

Als Mama und ich den Lebensmittelladen betraten, sahen wir als Erstes einen alten Mann mit Pelzmütze, der auf einem verrosteten Herrenfahrrad angefahren kam. Und *bumm!*, krachte er in ein Regal mit Chipstüten.

»Oh, Vorsicht!«

Mama stürzte zu ihm hin und rettete ihn davor, unter all den Tüten begraben zu werden, die herunterfielen. Aber anstatt sich zu bedanken und anzufangen, Chipstüten aufzusammeln, nahm der Alte nur die Pelzmütze ab, hob sein Fahrrad auf – und fuhr weiter.

Ich blickte ihm nach, wie er den Gang hinunterschwankte. Sein Oberkörper war nackt und sehr mager und außer der Pelzmütze trug er lange Unterhosen mit Löchern und graue Stiefel.

»Das muss Enok Andersson sein.«

»Kennst du ihn?«

Enok Andersson war der Alte, der sich um Svärtan gekümmert hatte, als Urgroßmutter im Krankenhaus lag. Das hatte Mama erzählt. Er war Kantor in der Kirche gewesen, als Kari für das Gemeindehaus gearbeitet hatte. Aber jetzt war er alt und ein bisschen verwirrt. Ich schaute Mama verwundert an.

»Aber du hast doch gesagt, du würdest den Mann gar nicht kennen, der nach Svärtan gesehen hat?«

»Wir haben einmal telefoniert. Und Großmutter hat von ihm gesprochen, als ich sie besucht habe.« Mama lachte. »Sie hat erzählt, dass er ein bisschen verwirrt ist. Und dass er sehr in seine Pelzmütze verliebt ist.«

Enok Andersson wirkte mehr als nur ein bisschen verwirrt. Als wir in die Obstabteilung kamen, stand er da und aß einfach direkt aus den Kisten. Und dann radelte er weiter und holte eine Dose Bier, die er öffnete und austrank, mitten im Laden. Als wäre er hier zu Hause.

»Nein, Enok, komm her!«

Jetzt hatte eine der Verkäuferinnen ihn entdeckt und versuchte, den Mann mitsamt dem Fahrrad aus dem Laden zu bekommen. Aber der fluchte und riss sich los.

»Geizkragen! Könnt ihr einem alten Mann nicht ein bisschen Bier gönnen?« Er drohte der Verkäuferin und der Kassiererin mit der Faust. »Enok Andersson kann allein *gehen.*«

Auf dem Weg nach draußen sah er plötzlich mich.

»Und wessen Mädchen bist du?«

Mir war das peinlich und ich schlich mich davon,

um nicht antworten zu müssen. Mama und ich kauften weiter ein, und als wir fertig waren, hörten wir wieder Gepolter.

Der Alte hatte sich erneut hereingestohlen und einen Stapel Cornflakes-Schachteln umgeworfen. Jetzt lag er mitten in dem Haufen und zappelte wild mit Armen und Beinen wie ein Käfer, der auf dem Rücken liegt, nur dass dieser Käfer keifte: »Helft mir hoch! Ihr Hexen!«

Zwei Verkäuferinnen führten ihn wieder hinaus und Mama und ich machten, dass wir zum Auto kamen. Wir lachten.

»Das sollte man nicht, der arme Kerl …«

»Ja, ich weiß, aber es sah so lustig aus.«

Wir bogen vom Parkplatz ab und Mama erzählte von einem Archiv, das Urgroßmutter Kari und Enok Andersson gepflegt hatten, als sie für die Kirche tätig waren. Dort gab es Unterlagen über die Leute, die im Dorf wohnten, wer wen heiratete, wie viele Kinder sie bekamen und all das.

Ich dachte, dass Enok wohl deshalb gefragt hatte, wessen Mädchen ich war.

»Aber jetzt arbeitet er wohl nicht mehr dort?«

»Nein, er ist in Pension. Und möglicherweise ist er nicht immer so verpeilt. Vielleicht ist er manchmal auch ganz klar im Kopf. Manche Leute können sich an Dinge erinnern, die weit zurück in der Vergangenheit liegen, ohne zu wissen, was sie vor einer Stunde gemacht haben. Das Kurzzeitgedächtnis kann aufhören zu funktionieren, ohne dass der Rest des Gehirns beeinträchtigt ist.«

»Echt? Wie komisch.«

Wir fuhren gerade an der Kirche vorbei und Mama hielt an.

»Soll ich dir Großmutters Grab zeigen?«

16

Ich finde Gräber eklig und traurig, aber auch spannend. Traurig, wenn man jemanden trifft, der dort ist, weil er einen besonderen Menschen vermisst. Spannend, wenn man die Grabsteine liest und sich ausdenkt, was für ein Leben die Menschen wohl gehabt haben.

»Schau mal, das schicke da, das ist unseres.«

Mama deutete auf eines der größten Gräber im hinteren Teil in Richtung See und sagte »schick«, als wäre es etwas Hässliches. Ich betrachtete es, fand aber daran eigentlich nichts auszusetzen.

Rosensträucher, ein niedriger Eisenzaun, weißer Kies und ein schwarz glänzender, wirklich sehr großer Grabstein mit goldenen Buchstaben. Dort stand: *Konrad Rask 1883–1918* und *Ehefrau Fredrika Rask 1887–1970* und *Tochter Kari Rask 1911–2015*. Der Himmel dahinter war dunkelblau und einige schwarze Vögel krächzten oben auf dem Kirchendach.

»Das ist doch schön. Aber, oh, so alt ist sie geworden?« Ich las die Jahreszahl und rechnete im Kopf nach. Kari war hundertvier Jahre alt geworden! »Dann hat sie vermutlich ausreichend Joghurt gegessen.«

Mama lachte und ich hob ein kleines rotes Porzellanherz auf, das vor dem Stein lag. Wer es wohl dort hingelegt hatte? Es war kein Name oder Gruß auf der Rückseite. Mama glaubte, dass es für Urgroßmutter Kari war, weil es neu aussah und sie ja schließlich als Letzte gestorben war.

»Und man kann nur hoffen, dass sie einen stillen Verehrer hatte.«

»Aber was ist mit deinem Großvater?«

»Nun ja, der war wohl eher ein Versehen.«

Manche Versehen waren gut, dachte ich und legte das Porzellanherz zurück. Hätte Kari Urgroßvater nicht bekommen, gäbe es ja weder Mama noch mich.

Wir studierten weiter den Grabstein und rechneten aus, dass Fredrika einen vier Jahre älteren Mann geheiratet und nach seinem Tod noch zweiundfünfzig Jahre gelebt hatte.

»Hat sie noch einmal geheiratet?«

»Nein, hat sie nicht.«

Mama schüttelte den Kopf und mir lief es kalt den Rücken hinunter. Ein ganzes Leben allein in Svärtan! Dann fiel mir etwas anderes ein.

»Aber Karis Geschwister? Gustav, Östen und Vendela, die in die USA ausgewandert sind, warum liegen die nicht hier?«

Kari war über hundert Jahre alt geworden und die Namen ihrer Geschwister fehlten auf dem Grabstein.

Lebten sie noch? Mama wusste es nicht, also beschloss ich, Opa anzurufen.

Und ich fragte weiter: »Du hast doch gesagt, dass Fredrika allein mit vier Kindern und ohne Hilfe zurückblieb, als ihr Mann starb. Dass sie arm waren. Warum haben sie dann so ein schickes Grab?«

»Weil nicht Fredrika es ausgesucht hat. Das war Petrus, der dort drüben liegt ...«

Mama deutete auf das zweitgrößte Grab auf dem Friedhof und wir gingen hin. *Pastor Petrus Hedin 1878–1920* mit Gattin. Der Stein war groß, rau und hatte die Form eines Kreuzes.

»Hier liegt Konrads Freund begraben, der Pfarrer, der ihn bei der Kirche angestellt hat. Karis Mutter und dessen Frau waren auch Freundinnen, und deshalb durfte die Familie Svärtan behalten, als Konrad starb.«

Mama seufzte und blickte über die Gräber.

»Aber Papa hat erzählt, dass es deswegen viel Neid und Gerede im Dorf gab. Vermutlich hat er sich deshalb hier nie wohlgefühlt. Der schwedische Neid. Und außerdem hungerten die Leute und erfroren im Winter, man lebte keineswegs so unbekümmert und bequem wie wir heute.«

Es lag etwas Unheilvolles in Mamas Worten, das mich an meine Träume in Svärtan erinnerte. Ich schluckte.

»Warum hast du gefragt, ob ich von Eis geträumt habe, als ich schreiend aufgewacht bin?«

Mama stand eine Weile stumm da.

»Siehst du den Schornstein zwischen den Tannen?«

Sie zeigte über den See, der im Regen beinahe flimmerte.

»Geradeaus hier über den See liegt Svärtan. Und das war natürlich eine verlockende Abkürzung für Konrad nach seiner Arbeit in der Kirche.«

»Er ist gerudert?«

»Nein, im Winter. Und zu Beginn des Frühjahrs, wenn das Eis noch dick war.« Sie warf mir einen Blick zu. »Bisher haben wir es ja noch nicht geschafft, aber wenn man den See entlangläuft, braucht man eine Stunde bis zum Dorf. Und sicher doppelt so lang, wenn alles verschneit ist. Zwei Stunden durch den Schnee im Wald stapfen oder eine halbe Stunde von Tür zu Tür – wenn man über das Eis geht.«

Ich bekam eine Gänsehaut und flüsterte: »Dann ist Konrad also über das Eis gelaufen …?«

»Alle haben das gemacht. Aber in dem Frühjahr, als Fredrika Vendela bekam und dann den ganzen Tag über allein mit vier Kindern war …« Auch Mamas Stimme klang jetzt zittrig. »Wahrscheinlich wollte Konrad rasch nach Hause, um ihr zu helfen. Und vielleicht war es bereits dunkel, weshalb er nicht daran dachte, dass die Frühjahrssonne den ganzen Nachmittag geschienen hatte …«

Ich ließ Mama stehen, ging zu einer Bank und setzte mich.

Es ist schwer zu erklären, aber als sie davon erzählte,

konnte ich alles sozusagen am eigenen Leib spüren. Den dumpfen Klang des Eises, das knackte und unter dem Körpergewicht sprang, und den Schrecken, wenn man begreift, was gleich passieren wird. Man versucht zu strampeln und sich zur Seite zu werfen, aber man versinkt rasch in der eisigen stechenden Kälte. Und dann der Schmerz, wenn das Eisgemisch und das Wasser durch die Kleidung auf die Haut dringen, und man keucht und schreit und versucht herauszukriechen, aber der Rand des Loches bricht einfach ab und man weiß, dass man sterben wird.

Ich krümmte mich zusammen. Meine Nägel schnitten in die Handflächen, als ich mir Konrads Handflächen auf dem Eis vorstellte. Er zerschneidet sie sich völlig bei dem Versuch, herauszukommen. Aus diesem grauenhaften Eisloch, ganz allein in der Dunkelheit.

»Schatz, entschuldige! Mir war nicht klar, dass es dich so mitnehmen würde.«

Ich nickte Mama zu. Ich verstand es ja selbst nicht. »Alles okay ... Mir kommt das nur so wirklich vor.«

»Es ist schon sehr lange her, ich dachte nicht, dass ... Verzeih.«

Sie legte einen Arm um meine Schultern und wir gingen zum Auto während sie erzählte, dass für Fredrika und die Kinder ja dann doch alles gut geworden sei. Natürlich hatten sie Konrad vermisst und natürlich war es traurig für Kari gewesen, so viel zu Hause helfen zu müssen, aber das Leben ging weiter. Und so erging es damals ja vielen.

Ich verstand immer noch nicht ganz, warum Mama wegen dem Eis gefragt hatte, als ich von dem Traum aufgewacht war. Gab es jemanden, der von Konrads Ertrinken träumte? Sie vielleicht? Oder Hakim?

Hatte er deshalb solche Angst vor dem Schlittschuh im Gras bekommen?

17

»Hallo, Opa, hier ist Kari.«

»Aber hallo, meine Schöne.«

Ich hörte spanische Stimmen im Hintergrund, vermutlich saß Opa in seinem Lieblingscafé und spielte Schach.

»Warte, ich muss nur meine Kopfhörer suchen ...«

Ich schloss die Augen und sah die roten Plastikmöbel in der Hitze, die Eiskarte und die niedlichsten Pudel der Welt vor mir. Chiao und Vespa hießen sie. Und dann öffnete ich die Augen wieder und sah Hakim aus dem Austragshäuschen laufen, mit einer Decke über dem Kopf als Schutz gegen den Regen. Er wirkte müde und erschöpft.

»Opa, kennst du Enok Andersson?«

»Wen? Es rauscht hier ein bisschen ...«

»Dann also Östen, Vendela und Gustav, leben sie noch? Hast du ihre E-Mail-Adressen? Oder kennst du deine Cousins?«

»Hast du begonnen, Ahnenforschung zu betreiben?« Opa lachte sein lautes Lachen. »Oder geht es um eine Schularbeit, für die du versuchst, mich auszunutzen?«

»Ne, wir haben doch Sommerferien.«

»Habt ihr? Schon? Aber dann richte deiner Mama schöne Grüße aus und sag ihr, dass ihr immer willkommen seid!«

»Hast du die E-Mail-Adressen von unserer Verwandtschaft in den USA?«

»Aber die sind doch seit Ewigkeiten tot, die Kleinen.«

Opa sagte etwas zu jemandem im Hintergrund und ich sprach ein bisschen lauter: »Warte, hast du *die Kleinen* gesagt? Wen meinst du?«

Das hatte ich schon einmal gehört, in meinem Traum! Die Frau, die Svärtans Tür geöffnet hat, legte den Finger an die Lippen und erklärte, ich solle nichts *den Kleinen* sagen.

»Östen, Gustav und Vendela natürlich ... Mach es gut, meine Schöne, hoffentlich sehen wir uns bald!«

Ich stand mit dem Telefon in der Hand da und starrte auf die neue Tapete. Opa hatte mir gerade einen guten Anhaltspunkt gegeben.

DIE KLEINEN in meinem Traum = Gustav, Östen und Vendela.

Darauf wäre ich nie selbst gekommen. Alte Verwandte, bereits verstorben, in den USA, wie wahrscheinlich ist es, dass sie *die Kleinen* genannt werden?

Ungefähr so, wie wenn Vegetarier Spanische Schnecken essen. So wahrscheinlich.

ICH in meinem Traum = Urgroßmutter Kari.

Ich setzte mich verwirrt auf mein Bett. War es so einfach? Eine junge Kari kommt in eine Hütte, in der eine alte Kari früher gewohnt hat, und beginnt, von deren Leben zu träumen, als sie im selben Alter war.

War das alles?

Nein. Ich konnte das nicht deuten und wollte versuchen, jedes einzelne Puzzleteilchen zu verstehen! Das hatte ich ja beschlossen. *Wichtig ist nicht, wie es einem geht, sondern wie man damit umgeht.* Ich würde einfach weiter alles aufschreiben, was ich herausfand über Svärtan und was dort geschah. Um dann, am Ende des Sommers, vielleicht ein Puzzle legen zu können.

Entschlossen ging ich hinaus und wühlte in den Sachen im Austragshäuschen. Dieses Puzzle wurde immer wichtiger.

18

Einige Tage später holten wir Matilda vom Bus in Kvarnköping ab. Oder war es Sjöbotten?

Im Nachhinein ärgerte ich mich darüber, dass ich mir den Ortsnamen nicht gemerkt hatte. Aber in dem Moment war ich einfach nur glücklich. Auf der Rückfahrt quasselten wir im Auto wild durcheinander und es war cool, dass Matilda gekommen war.

Aber kaum hatten wir Svärtan betreten, wollten die beiden Teenager irgendwo hin. Und ich durfte natürlich nicht mitkommen. Nach ein paar Tagen kam es mir eher so vor, als hätten wir eine Wilma verloren als eine Matilda dazubekommen.

Hakim hatte sich auch zurückgezogen. Ich wollte ihn fragen, ob es eine Verbindung gab zwischen Mamas Geschichte über das Eis, seinen Träumen und dem Schlittschuh, aber es ergab sich nie eine Gelegenheit dazu.

Hakim stritt immer noch mit Mama und schlief an merkwürdigen Orten, aber die meiste Zeit war er einfach verschwunden. Er hatte aufgehört, Holz zu hacken, Feuer anzufachen und vorzuschlagen, wir könnten einen Ausflug machen. Und als ich es tat, sagte er nur, er müsse sich mit Mama aussprechen oder er sei zu müde.

Ich vermisste ihn, den Hakim von früher, und ich vermisste Wilma und Matilda.

Und Mama. Sie war vollkommen von ihren verschiedenen Renovierungsprojekten vereinnahmt. Unbeirrt strich sie in unserer übel riechenden Hütte die Wände, hantierte mit Werkzeug und hatte überall Malerfarbe.

Zum Glück blieben mir Oscar und Victoria.

Ich liebte das Katerchen immer mehr. Er war so neugierig! Wenn Mama unser Fenster öffnete oder vergaß, die Tür zur Mägdekammer zu schließen, war Oscar sofort da, unterwegs zu einem Abenteuer. Er ging immer aufs Ganze, stürzte den Karton um und kroch darüber wie ein kleiner Elefant. Dann stürmte er los auf seinen tapsigen Pfoten, krabbelte über die Türschwelle und schlitterte auf den Küchenboden hinaus. Sein Schwanz stand kerzengerade in die Höhe, aber er purzelte hin, weil der Boden so glatt war, und stolperte wie ein kleines Bambi über seine eigenen Füße bis zu dem Teppich hin, der unter dem Küchentisch lag. Da war es besser, weil es spannende Krümel gab, die er beschnupperte, und er konnte dort leichter laufen. Aber oft entdeckte ihn Victoria, bevor er überhaupt dort hinkam.

»He, lass ihn in Ruhe!«

Sie bellte, stürmte heran und warf den kleinen Ausbrecher mit der Nase um. Und so schubste sie ihn zurück zu Justin in den Karton und drückte entschlossen den Deckel zu. Ruhe und Ordnung und die Kätzchen im Karton, das war Victorias Ziel. Und Oscar war der Anstrengendere von den beiden, der immer Tadel und den Deckel auf den Kopf bekam. Wenn es mir nicht vorher gelungen war, ihn rechtzeitig zu retten.

So wie jetzt, wo ich lachend auf dem Boden lag, eine Hand an Victorias Halsband und den Blick auf Oscar gerichtet, als die Teenies heimkamen. Und der Boden war, wie gesagt, glatt, wenn Oscar also einen Sprung zur Tischdecke auf dem Küchentisch machte, wollte Victoria hin – und schleifte mich mit.

»Äh, hallo …?«

Wilma und Matilda verzogen die Gesichter, gingen in die Mädchenkammer und begannen zu quasseln und zu kichern. Ich stand auf und folgte ihnen. Wilma verdrehte die Augen, aber ich setzte mich aufs Bett.

»Das ist auch mein Zimmer.«

»Wen interessiert das? Hast du hier drinnen gefurzt?«

»Nein! Wo wart ihr?«

»Äh …« Mathilda blickte hoch. »Auf dem Campingplatz.«

»Den ganzen Tag?«

Schweigen.

»Was macht ihr da die ganze Zeit? Werdet ihr nicht nass?«

Eine Sekunde später hörten wir etwas in der Küche herunterfallen. Wilma seufzte.

»Ganz schön anstrengend, so ein Katzenjunges.«

Ich flitzte wieder in die Küche, aber es war nichts Schlimmeres passiert, Oscar hatte nur eine Blumenvase umgeschmissen. Ich warf die Scherben und die Blumen weg, trocknete den Boden ein wenig und nahm das nasse, aber ebenso glückliche Kätzchen mit ins Zimmer.

Wilma verzog den Mund ein wenig und flüsterte Matilda zu: »Justin ist viel süßer als Oscar. Bäh, zum Teufel, stinkt das hier ...«

Matilda beugte sich vor und machte das Fenster auf.

Wilma fuhr fort: »Und zufriedener. Er will nicht irgendwo herumrennen und was kaputt machen, sondern bei mir sitzen.«

Ich schaute die beiden an, sagte aber nichts. In Wahrheit dachte ich, dass Justin fast zu ruhig war und dass Wilma und Matilda sich doof benahmen. Mein Eis schmeckt besser als deines, mein Bikini sitzt besser als deiner und ich hab mehr Busen als du.

Außerdem, die beiden waren noch genauso flach wie ich mit (bald) zwölf!

Aber ich schwieg und die Mädchen legten Justin zurück in den Karton.

»Was macht ihr jetzt? Kann ich mitkommen?« Ich

stand auf und setzte Oscar ebenfalls schnell in die Kiste. »Darf ich bitte, bitte ein bisschen mitkommen?«

Es war besorgniserregend, dass ich das wollte, obwohl sie so fies waren. Und noch besorgniserregender war, dass sie Nein sagten.

19

Es ist eng, warm, dämmrig und ich krieche, robbe vorwärts in einem niedrigen Raum. Ich atme so flach wie möglich durch die Nase, um keine Hustenanfälle zu bekommen, und schiebe eine braune Reisetasche vor mir her, einen eckigen, alten Sack. Warum? Und wo bin ich? Weiter hinten kann ich ein Wagenrad erkennen, das habe ich vorher schon irgendwo gesehen. Es gibt hier kaum Licht und ich weiß nicht, ob ich mich umdrehen kann, wenn ich wieder hinauswill. Hoffentlich muss ich nicht rückwärts robben! Oder bleibe stecken. Ich schramme an der Dachschräge entlang und sammle Mut, um weiterzukriechen. Wie weit soll ich eigentlich? Mein Herz schlägt heftig und ich will nur noch hier raus.

BEURTEILUNG: 30 % klaustrophobisch, 50 % wirklich, 60 % gruselig.

So habe ich es aufgeschrieben, auch wenn ich weiß, dass 30+50+60 mehr als 100 Prozent sind.

Die Träume wurden nur gruseliger und wirklicher, aber ich verstand sie immer noch nicht. Enttäuscht blätterte ich in dem Notizbuch vor und zurück und versuchte, etwas zu entdecken. Von der Reisetasche hatte ich ja schon zuvor geträumt, vielleicht war sie auf irgendeine Weise wichtig, aber was bedeutete sie? Schließlich kam ich zu mir und knallte das Buch zu.

Wilmas Bett war leer. Merkwürdig. War sie in der Nacht nicht heimgekommen? Oder waren sie schon draußen?

Ich machte das Fenster auf und kletterte in den Regen hinaus. Die drängende Erinnerung an den Traum ließ die Mägdekammer eng wirken, außerdem roch es scheußlich. Ich brauchte frische Luft.

Barfuß lief ich über das nasse Gras, atmete tief durch, schaute in die Wolken und drehte mich mit ausgestreckten Armen im Kreis. Nicht einmal der Regen störte mich jetzt, es war einfach nur schön, rauszukommen.

»Guten Morgen!«

Mama stand mit einer Heugabel und einem Spaten ganz hinten im Garten und grub, dass die Grasbüschel nur so flogen.

»Jetzt sind die Kartoffeln dran!« Sie gab mir den Spaten. »Hilf mit.«

Ich zog Furchen, während sie mit alten Kartoffeln hinter mir herging, die dunkle Flecken hatten, die Mama »Augen« nannte. Mir lief es kalt über den Rücken, als sie das sagte, weil mich das an Svärtans stummes Glotzen, das Gefühl in meinem letzten Traum und an Urgroßmutter Kari erinnerte, die tief in der Erde begraben auf dem Friedhof lag.

Ich streckte den Rücken durch und blickte Mama an. »Wo sind Wilma und Matilda?«

»Sie übernachten bei Leuten auf dem Campingplatz, lass mich überlegen … zwei Mädchen aus Wilmas Parallelklasse, die mit der Familie eines der Mädchen hier campen. Amanda und Molli vielleicht? Oder Sabina?«

Wie bitte? Mama ließ die beiden bei Leuten übernachten, deren Namen sie nicht wusste? Und dass jemand aus unserer Stadt bis hierher gefahren war, nur um zu campen, das kam mir wirklich etwas merkwürdig vor. Gar nicht zu reden davon, wie man bei jemandem übernachtet, der campt. Schläft man da im Zelt der Familie, oder was?

»Und Hakim musste leider heimfahren und arbeiten.« Mama warf mir einen unsicheren Blick zu. »Er grüßt dich lieb. Und er kommt zu deinem Geburtstag zurück!«

»Hakim ist heimgefahren?!« Ich ließ den Spaten fallen und starrte sie an. »Und was heißt arbeiten? Was arbeitet man bitte in den Sommerferien in der Schule?«

»Der Direktor und Hakim müssen Dinge vorbereiten und die Stundenpläne für den Herbst erstellen. Das ist eine Chance, auf die er jahrelang gehofft hat.«

Ach ja? Der Hakim, den ich kannte, liebte es, die Sommer mit seiner Familie zu verbringen! Und der fuhr auch nicht einfach weg, ohne sich von Wilma und mir zu verabschieden, oder kam erst zu meinem Geburtstag zurück – der war im August!

Mir wuchs ein großer Kloß im Hals, ich zwinkerte heftig und bückte mich nach dem Spaten. Stumm half ich Mama, eine Schnur zwischen zwei Stöckchen zu spannen, weil es offenbar wichtig war, dass die Furchen ganz gerade wurden.

»Aber was ist denn, Schatz?«

»Können wir nicht auch heimfahren? Es ist doch wirklich nicht toll hier!«

»Nicht?« Mama zog verwundert die Augenbrauen hoch. »Das finde ich schon! Und Wilma auch.«

Tat sie das? Ich blinzelte zu Mama hinüber und bekam wieder das unangenehme Gefühl, dass sie nicht die Wahrheit sagte.

»Dann kann ich doch heimfahren und bei Hakim bleiben? Oder zu Fanny nach Holland fahren?«

Mama richtete sich auf und strich sich eine Haarsträhne aus dem Gesicht.

»Aber mein lieber kleiner Schatz, ohne dich wäre es hier total einsam! Und vergiss nicht Victoria, was würde sie denken. Und Oscar. Wer würde dann die Kätzchen füttern?«

Sie umarmte mich auf die Art, wie nur sie es konnte. Na gut.

Schweigend setzten wir weiter Kartoffeln, es regnete weiter und Svärtan glotzte uns mit seinen schwarzen Fensteraugen an.

Es sah aus, als würde das Haus etwas belasten, als wäre es beschwert, dachte ich wieder.

»Wir müssen herausfinden, was so stinkt, Mama. In der Mägdekammer.«

»Können es vielleicht die Kätzchen sein?«

»Nein, bei denen ist es sauber.«

Mama nickte.

»Ich glaube, ich habe den Geruch schon wahrgenommen, bevor sie kamen ... Aber wenn man vom Teufel spricht.«

Sie deutete zum Haus und wir lachten, als wir sahen, wie Oscar aus dem Fenster schaute und Sekunden später in die Nesseln darunter hechtete.

»Oh!« Jetzt sah ich Victoria im Fenster auftauchen. »Warte!«

Ich ließ den Spaten fallen und rannte los, während die große Hündin aus dem Fenster hinterherhopste. Sie durfte auf keinen Fall auf dem Katerchen landen! Aber im nächsten Augenblick kamen Oscar und Victoria aus dem Nesselgestrüpp gefegt.

Nach dem Frühstück begannen Mama und ich einen Großputz in der Hütte. Wir tauschten die Laken von allen Betten aus, scheuerten den Boden, reinigten den Abfluss, lüfteten die Matratzen und Teppiche und wischten alle Schränke, Schubladen und Regale aus. Ich suchte auch nach dem Schlüssel zum Erdkeller, um hinunterzugehen und nachzuschauen, was es dort gab.

Aber ich fand keinen Schlüssel. Und wir entdeckten nichts, das den »richtigen« grässlichen Geruch hatte, wie Mama es ausdrückte.

Schließlich nahm Mama auch die Gardinen ab, weil sie von einem Kerl gelesen hatte, der sauer auf seine Frau gewesen war und deshalb alte Garnelenschalen in die Gardinen genäht hatte.

»Habt ihr denn wieder gestritten?«

»Nein, nein, Hakim musste nur arbeiten ... Er bekam ein Angebot, für das man gern ein paar Sommerwochen in der Stadt verbringt.«

Ich nickte verwundert, aber dann durchfuhr mich ein Gedanke: »Aber er hat doch nicht etwa das Auto mitgenommen?«

Allerdings, so war es!

Hakim hatte sich nicht nur aus dem Staub gemacht, er hatte auch den Wagen mitgenommen.

Das Gefühl des Eingesperrtseins schlug seine Klauen noch härter in meine Brust. Wie sollten wir von hier wegkommen, wenn es nötig war? Mama schien nicht zu verstehen, warum ich empört war, wir hätten doch Fahrräder und alles, was wir brauchten, im Haus? Aber ich bekam kaum Luft und setzte mich mit Oscar auf den Knien draußen auf die Treppe, um mich zu beruhigen. Dann versuchte ich mich daran zu erinnern, wo wir Matilda abgeholt hatten, wo die Busse in die Stadt abfuhren. War das von Kvarnbotten? Oder von Sjömyra?

Schließlich ging ich zurück ins Haus und half Mama weiter beim Saubermachen. Sie war zwar merkwürdig, aber meine einzige Gesellschaft, und das war besser als nichts.

»Darf ich dich was fragen …?«

»Mm?«

Mama stopfte Schmutzwäsche in einen großen Rucksack und ich überlegte es mir anders.

»Oder nein, erzähl mir was von Urgroßmutter. Sind wir uns ähnlich?«

»Warum willst du das wissen?« Sie schüttelte den Kopf. »Nein, überhaupt nicht. Auch wenn Großmutter schon alt war, als ich …«

»Weshalb bin ich dann nach ihr benannt?«

Mama schaute mich an, als würde sie die Frage nicht einmal verstehen.

»Weshalb heiße ich Kari?!«

»Äh … ich erinnere mich nicht. Aber es passt ja zu dir. Und Wilma konnte es leicht aussprechen.«

Ich seufzte und versuchte es noch einmal: »Und Fredrika, wie war sie? War sie auch Buddhistin, und woher kam das?«

»Mein Liebes, jetzt komme ich nicht ganz mit … Wer war Buddhistin?«

»Kari, hast du gesagt! *Wichtig ist nicht, wie es einem geht, sondern wie man damit umgeht.* Oder weißt du vielleicht etwas über Vendela?«

»Vendela?«

»Die ihren Papa kaum kennenlernen konnte und

mit ihren großen Brüdern in die USA ausgewandert ist. Was hat sie dort gemacht?«

»Ich habe keine Ahnung.« Mama schaute mich bestürzt an. »Warum willst du all das wissen?«

»Weil du von der Sache mit Konrad erzählt hast! Und von seinem Freund, dem Pfarrer, diesem Petrus. Und du bist Feministin, du sagst immer, dass Mädchen genauso wichtig sind wie Jungen. Und trotzdem weißt du nichts über Kari oder die anderen Frauen in unserer Verwandtschaft?!«

Ich stopfte das letzte Wäschestück in den Rucksack und wir gingen hinaus. Jetzt wollten wir zum Campingplatz fahren und alles durchwaschen, offenbar konnte man das dort.

»Aber mein kleiner Schatz …« Mama streckte eine Hand nach mir aus, aber ich wich zurück und deutete mit einem Nicken auf die Kartoffellandschaft, die wir gegraben hatten.

»Ich bin nicht mehr dein kleiner Schatz! Und ich werde bestimmt *nicht* hierbleiben, bis die Kartoffelpflanzen herauskommen!«

20

Während Mama Marken für die Waschmaschine kaufte und sie fütterte, suchte ich auf dem Campingplatz nach Wilma.

Das war nicht so schwer, sie saß mit Matilda und zwei anderen Teenies auf der Café-Terrasse. Unser winzig kleiner Hinweiszettel, dass wir die Katzenjungen gefunden hatten, hing noch an der Pinnwand und ich riss ihn ab.

»Wollt ihr jetzt nicht nach Hause kommen?«

»Was machst du denn hier?!«

»Oder kann ich eine Weile bei euch bleiben?«

Der Terrasse war mit einem Hartplastikdach überspannt, auf das der Regen derart laut prasselte, weshalb man kaum ein Wort verstand. Matilda hielt sich eine Hand hinters Ohr, damit ich meine Frage wiederholte, aber Wilma wedelte mich weg.

»Wir wollen unsere Ruhe!«

Die hätte sie wohl bekommen, wären da nicht Amanda und Molli gewesen, die Mädchen, bei denen Wilma und Matilda übernachteten. Sie legten den

Kopf schief, als ich von den jungen Kätzchen erzählte, und machten mir Platz auf der Bank. Und dann deuteten sie auf einige ältere Jungen, die an einem Tisch in der Nähe saßen und rauchten und Pommes frites aßen.

»Wen findest du am süßesten?«

Am süßesten …? Ich schielte hinüber und wusste nicht, was ich sagen sollte, weil sie alle gleich krank und hässlich aussahen. Sie trugen derbe Hosen und Militärstiefel, einer hatte einen riesigen Adamsapfel und Pickel am Hals, ein anderer hatte schwarz gefärbte, struppige Haare und einen Ring in der Nase. Ich zeigte vorsichtig auf den dritten und vierten, die auf ihren mageren Affenarmen Tätowierungen trugen. Das waren so gar nicht die Typen, auf die Wilma normalerweise stand. Was war an denen so besonders?

»Das sind krass coole Tierschutzaktivisten …«

Molli beugte sich vor und flüsterte und nach einer Weile begriff ich: Die Typen kämpften für Nerze, die in der Nähe auf einer Farm gezüchtet wurden. Eine Nerzfarm ist offenbar ein total widerlicher Ort. Die hier sah wohl aus wie ein gewöhnlicher Bauernhof und beinahe niemand im Dorf wusste, dass es eine Art Todeslager für Nerze war, wie Matilda mit Tränen in den Augen erzählte. Tausende kleine, verängstigte Tiere saßen dort eingesperrt in engen, grauslichen Käfigen in großen Hallen und warteten nur darauf, vergast zu werden, wisperte Wilma mit zittriger Stimme. Nur weil ein paar Idioten es in Ordnung fanden, Tiere zu züchten, um ihnen den Pelz abzuziehen!

»Ist das so?« Es klang natürlich schrecklich, aber als Wilma mit dieser zittrigen Stimme redete, musste ich kichern.

»Entschuldige!«

»Oh Mann«, stöhnte Wilma, »kannst du jetzt nicht einfach abhauen?«

Ihre Freundinnen sahen auch sauer aus und es gelang mir, mein Kichern zu unterdrücken. Ich strich mir mit den Händen über die Wangen und gab mir alle Mühe, kein bisschen an die grässliche Pelzmütze des alten Enok zu denken. Vielleicht kam sie von der Nerzfarm? Nicht lustig. Oder daran, als er wie ein Käfer auf dem Boden im Lebensmittelladen lag. Auch nicht lustig.

»Entschuldigt!« Ich nickte in Richtung der Typen. »Was machen die denn?«

»Die halten sie auf! Das tun Tierschutzaktivsten.«

»Sie fahren nachts zu der Nerzfarm, wenn keiner dort ist, und haben große Bolzenschneider und Werkzeug dabei.«

»Gibt es da keine Alarmanlage?«

Amanda sah verwirrt aus, doch Matilda und Molli erzählten abwechselnd weiter: »Schon, aber sie wissen, wie man die austrickst, damit sie über den Zaun klettern können, ohne einen Stromschlag zu kriegen. Und dann rennen sie in die Hallen und schneiden so viele Gitterkäfige auf, wie sie nur können, bis die Wachmänner kommen.«

»Aber ist das nicht verboten?«

Falsche Frage. Wilma stöhnte wieder und wechselte einen Blick mit Matilda. Und die anderen Mädchen legten den Kopf schief, schauten mich an und sagten, dass sie auch keine Ahnung von der Arbeit der Tierschutzaktivisten gehabt hätten, *als sie klein waren.*

»Okay, ich fahre heim.« Ich stand auf und dachte, ich sollte nach Mama suchen. »Aber ich will dir noch sagen, Wilma, dass Justin dich vermisst und sich fragt, wohin du verschwunden bist.«

21

Wir nahmen Wilma und Matilda mit nach Hause. Mama hängte Wäsche auf, bis das Kondenswasser von den beschlagenen Fensterscheiben lief, und die Mädchen sahen einen Film im klobigen Fernseher. Ich machte mich daran, weiter nach dem Schlüssel für den Erdkeller zu suchen. Der Gestank musste ja wohl von dort kommen. Das war der einzige Ort, an dem wir nicht sauber gemacht hatten.

Ich wühlte überall herum, kroch unter Möbel und fragte, ob Wilma oder Matilda einen Schlüsselschrank gesehen hätten, eine Büchse oder einen kleinen Schlüssel. Ich bat sie, mir zu helfen, aber sie zogen nur ironisch die Augenbrauen hoch.

»Ha ha, ein *Mysterium*? Viel Glück, Sherlock.«

»Glaubst du, dass du einen Geheimgang finden wirst?«

Ich ignorierte sie und suchte weiter. Aber trotzdem gingen mir ihre Worte nicht aus dem Kopf. Vielleicht hatte Wilma ja doch recht? Vielleicht war ich ja diejenige, die sich kindisch verhielt?

Ich fand den Schlüssel nicht, hatte auch vorher nichts Interessantes im Austragshäuschen entdeckt und überhaupt keine Ahnung, was im Erdkeller womöglich versteckt war. Oder zumindest – wonach ich suchte.

Ich wusste bloß von einem Riss, über den Mama tapeziert hatte, von dem komischen Geruch, den Träumen, einem Schlittschuh und einer Postkarte, die sozusagen aus der Wand gekrochen war.

Die jetzt aber auch verschwunden war.

»Wo ist die Postkarte von den Kleinen, Mama?«

»Den Kleinen?«

»Gustav, Östen und Vendela.«

»Weshalb nennst du sie die *Kleinen*?«

»Und ein alter Schlittschuh, hast du den gesehen?«

»Ein Schlittschuh?«

»Könnt ihr nicht einfach sagen, wohin ihr alles geräumt habt?«

»Aber wir haben doch gar nicht ...« Mama unterbrach sich. »Kari, ich weiß nichts von einem Schlittschuh und ich habe die Postkarte nicht mehr gesehen, seit du sie gefunden hast. Kannst du nicht stattdessen mit Victoria eine Runde gehen?«

»Nein!«

Ich suchte überall nach der Postkarte mit dem Affen. Hatte sie jemand weggeworfen? Und den Schlittschuh auch? Schließlich ging ich ins Klo und blätterte durch den Zeitungsstapel, der dort lag. Dann suchte ich im Gästezimmer des Austragshäuschens. Ich nahm die

Bücher aus den Regalen, eines nach dem anderen, und schüttelte sie, auf der Jagd nach Zetteln, Briefen, Fotografien und was sonst noch etwas über Svärtan hätte erzählen können.

Aber da war nichts.

22

Am nächsten Morgen saß ich allein in der Küche beim Frühstück, als Victoria und Oscar angesprungen kamen. Das Katerchen hinterließ eine feuchte Spur und das silbergraue Fell klebte ihm am Körper. Ich warf einen Blick zum Fenster hinaus, aber im Moment regnete es gerade mal nicht.

Schuld an Oscars nassem Fell war Victoria. Sie schien immer noch zu glauben, dass Oscar ihr Welpe war, und aus irgendeinem Grund ließ er sich von ihr abschlecken. Mehrmals am Tag musste ich das Katerchen einfangen und mit einem Handtuch trocken rubbeln. Sonst wäre es pitschnass rumgelaufen und hätte krank werden können. Aber das Abtrocknen schien Oscar auch nicht zu stören, er schaute dabei nur ein wenig verwundert drein, und Victoria stand daneben und wartete mit sabbernder Schnauze. Kaum hatte ich Oscar wieder auf den Boden gesetzt, sausten die beiden davon zu neuen Abenteuern. Oder Victoria begann, ihn wieder abzulecken.

Oscar war jetzt schnell. Nach dem Frühstück stoppte

ich die Zeit, die er auf dem Weg vom Schlafzimmer durch das Wohnzimmer und die Küche bis in die Diele brauchte, und er schaffte es in achtzehn Sekunden!

»Bravo!«

Ich hielt Victoria fest, bis ich die Stoppuhr abgestellt hatte, damit Oscar in Ruhe flitzen konnte. Als ich die Hündin wieder losließ, schaute sie mich sauer an und lief zu ihrer Wasserschale. *Was glaubst du wohl? Ich hätte ihn nie geschubst!* Oscar kehrte um, kam durch die Diele getrappelt, blieb neugierig stehen und schaute, was Victoria machte. Und dann tat er es ihr nach.

Victoria brachte dem Katzenjungen das Schlabbern bei!

Worum wir so gekämpft hatten! Ich umarmte die beiden und vollführte einen Freudentanz hinaus in die Diele. Und da fiel mir ein flacher kleiner Schrank ins Auge.

Schlüssel!

Eine ganze Sammlung und mindestens einer sah so aus, als würde er in das Vorhängeschloss beim Erdkeller passen. Endlich! Ich nahm sie alle, wog sie in der Hand und schluckte. Sollte ich es wagen?

Ich kniete mich neben die Luke, steckte Schlüssel um Schlüssel ins Schloss und versuchte, sie herumzudrehen. Victoria und Oscar lagen auf der Türschwelle in der Diele und beobachteten mich. Das leise Klicken, als einer der Schlüssel passte, ließ Oscar einen Satz in die Diele machen.

Was war mit dem Katerchen los? Und Victoria stand auf und begann zu bellen.

»Was ist los?« Ich sah die beiden an. »Hab ich was Falsches gemacht?«

Victoria lief zu mir und bellte weiter, laut und sehr bestimmt. Ich seufzte.

»Warum kannst du nicht sprechen?«

Wir starrten uns frustriert an. Dann machte ich das Vorhängeschloss wieder zu und da war sie still.

»Okay, ich habe es verstanden … ich gehe nicht allein hinunter.«

Aus der Mägdekammer war Gelächter zu hören. Ich stand auf und ging hinein. Wilma schaute mit hochrotem Gesicht unter der Bettdecke hervor.

»Das ist Matilda, sie liegt da und pupst!«

»Das mache ich überhaupt nicht, das bist du!«

»Die ganze Nacht. Bäääh, du bist supereklig!«

Matilda schlug mit dem Kissen nach ihr, aber Wilma riss es an sich.

»Ich sag doch, im Schlaf, das kannst du gar nicht wissen.«

Sie kitzelte Matilda und die strampelte, dass die Decke wegflog. Wilma lachte. »Riechst du, wie es hier nach Pups stinkt, Kari?«

»Aber das ist dein Kampfgas, nicht meines!« Matilda wedelte sich vor der Nase herum und tat so, als würde sie keine Luft bekommen. »Hilfe! Hilfe, ich ersticke!«

Ich stieg über den Karton, öffnete das Fenster und lief zurück in die Küche. Wir versuchten mittlerweile, das Fenster die ganze Zeit auf Durchzug zu halten, aber aus irgendeinem Grund glitt es immer wieder zu. Als wollte das Häuschen, dass wir den Geruch bemerkten.

Irgendwo habe ich gelesen, dass Dinge, die hart und kompakt sind wie etwa Glas oder Stein, nicht so stark riechen, während weiche und durchlässige Sachen wie Kacke, Essensreste oder Kotze umso schlimmer stinken. Das liegt daran, dass Geruch aus kleinen Teilchen besteht, die sich lösen und in der Luft davonschweben. Und Teilchen aus weichen Dingen lösen sich natürlich leichter als aus harten. Also besteht Kackegeruch aus kleinen Kacketeilchen, die sich gelöst haben, und wenn man vor dem Spülen den Klodeckel nicht zumacht, bekommt man sie *in Mund und Nase*, wenn man atmet.

»Wo ist Mama?«

Wilma und Matilda kamen in die Küche und begannen, sich Frühstück zu machen.

»Weiß nicht. Aber könnt ihr bitte mit mir in den Erdkeller hinuntergehen, bevor ihr abhaut?«

»Will man Eiswasser in der Wüste? Nein!«

»Das will man schon!« Matilda begann, schallend zu lachen. »Wilma, das ist falsch.«

Ich lachte auch und bettelte noch einmal.

»Ach bitte! Es geht ganz schnell!«

»Hat man Fahrräder in der Badewanne?« Wilma

schaute Matilda triumphierend an. »Jetzt ist es richtig!«

»Aber wenn ihr nur neben der Luke Wache stehen müsst?«

Wilma angelte sich ihr Handy von der Spüle und schrie auf.

»Es ist schon elf!« Sie kippten ihren Kakao und blickten mich böse an. »Warum hast du nichts gesagt? Wir müssen doch in einer Viertelstunde am Campingplatz sein!«

MÖGLICHE KATASTROPHEN IM KELLER
(ohne Rangordnung)

- Die Taschenlampe geht aus.
- Die Luke fällt zu.
- Ich sitze dort unten fest und keiner hört mich schreien.
- Ich werde von Ratten gebissen.
- Ich spüre eine eiskalte Hand auf meiner Schulter und finde nicht mehr heraus.

23

An diesem Abend saß ich in einem Baum im Garten und überlegte, wer Wache halten oder mit mir in den Keller gehen könnte. Die Teenager weigerten sich, Hakim hatte uns verlassen, also blieb nur Mama.

Ich blinzelte zur Vortreppe und zum Waldrand hinüber. Dort schimmerte etwas. Was war das? Es war ein schwacher, beinahe orangeroter Schein, der sich verschieden schnell bewegte. Glühwürmchen? Gab es die überhaupt?

Ich schauderte und zog mein Handy hinten aus der Hosentasche, um jemanden anzurufen. Aber wen? Konnte ich mit Fanny über all das Merkwürdige reden, das hier geschah? Hatte sie ihr Handy in Holland dabei?

Jetzt fühlte ich mich einsam. Und ich bekam Gänsehaut, also wählte ich Fannys Nummer, beendete die Verbindung aber noch vor dem ersten Klingelton.

Denn jetzt waren die Glühwürmchen verschwunden.

Ich rieb mir die Augen, blinzelte zur Vortreppe und

in den Wald zwischen die Bäume, sah aber nichts. Stattdessen hörte ich Stimmen. Wilma kam heran, zusammen mit dem Typen mit den schwarz gefärbten Haaren und dem Ring in der Nase.

»He!« Ich schwang mich vom Baum. »Habt ihr die Glühwürmchen gesehen?«

»Aah!« Wilma zuckte zusammen und wurde sauer, als sie sah, dass ich es war. »Spionierst du uns nach?«

»Natürlich nicht. Habt ihr sie gesehen?«

»Wovon redest du?«

Der Typ schien stumm zu sein, er sagte nicht einmal Hallo. Und Wilma hatte im Wald nichts Merkwürdiges bemerkt und wollte nur rasch etwas holen, dann wären sie schon wieder weg.

»Wo ist Mama? Kannst du ihr ausrichten, dass wir bei Amanda und Molli übernachten?«

»Sie wäscht im Bad Pinsel aus, du kannst selbst …«

»Gib du ihr Bescheid!«

Wilma bestand darauf und sagte, Mama könne sie ja anrufen, wenn etwas wäre. Sie sah merkwürdig schuldbewusst aus, als sie das sagte.

»Was habt ihr vor?«

Planten sie, mit dem Bolzenschneider Nerzkäfige aufzuknipsen und einen Stromschlag zu bekommen und von der Polizei geschnappt zu werden? Ich schlug die Hände vor den Mund.

»Du darfst nicht zur Nerzfarm fahren!«

»Keine Sorge! Wir wollen nur zum Campingplatz, ich verspreche es!«

Ich hörte, dass sie die Wahrheit sagte. Aber ich atmete tief ein und stellte fest, dass es nach Rauch roch. Jetzt begriff ich, was ich im Wald gesehen hatte: die Glut von zwei Zigaretten. Wilma hatte heimlich geraucht! Sie und der Typ mit dem Ring in der Nase hatten mit ihren Zigaretten zwischen den Tannen gestanden, damit sie keiner sah.

War sie bescheuert?!

Das wäre *niemals* passiert, wenn wir nach Spanien gefahren wären oder zu unseren Freunden auf Öland! Das war nur Svärtans Schuld!

Aber es war auch die beste Chance der Welt – für mich.

»Ich habe dich gesehen, aber ich verrate dich nicht, wenn du …«

»Was verrätst du nicht?«

»Dass du heimlich geraucht hast!«

»Ich habe nicht geraucht!«

Sie drehte sich zu dem Typen um, der nickte. Ich fuhr fort: »Aber ich habe euch zwischen den Bäumen gesehen und du stinkst nach Rauch, wenn du redest, Wilma. Deshalb soll extra ich Mama Bescheid sagen, gib es zu!« Ich machte eine Kunstpause und holte mein Handy heraus. »Und: Ich habe dich gefilmt. Wenn wir jetzt zusammen zu Mama gehen, ich ihr den Film zeige und sie merkt, wie du nach Rauch riechst, dann weißt du, was los ist …«

Die Sache mit dem Film war gelogen – aber das wusste Wilma ja nicht. Sie wurde blass und streckte die Hand nach meinem Telefon aus, aber sie wusste mein Passwort sowieso nicht.

Ich steckte das Handy in die hintere Hosentasche und sprach ruhig weiter: »Ich petze nicht – wenn du und Matilda mit in den Keller kommt.«

24

Am nächsten Tag war Victoria mit Mama im Farbengeschäft und ich bereitete alles vor.

Den Schlüssel. Die Taschenlampe, größeres Modell, damit man sie auch als Schlagstock verwenden konnte. Extra Batterien. Ich testete die Lichtstärke, testete die extra Batterien und schwang die Lampe herum. Passte! Könnte funktionieren.

»Kommt ihr, oder was?« Die Bodenluke war schwer, man musste acht Finger dazwischenklemmen, um sie hochzubekommen. Steinchen fielen herunter, die Klappe war wohl schon lange nicht mehr geöffnet worden. Ein gutes oder ein schlechtes Zeichen? Ich fand einen Riegel, um sie festzustellen, und sah hinunter.

Puh. Eine dunkle Kälte stieg mir entgegen und ließ mich zurückweichen. Es roch nach Eisen und noch etwas anderem, aber nicht wie in der Mägdekammer. An der Wand lehnte eine Leiter, aber die untersten Sprossen waren in der Dunkelheit nicht zu erkennen. Ich kniete mich hin und prüfte, ob die Leiter stabil war. Jawohl. Dann leuchtete ich mit der Taschenlampe und konnte einen erdigen Steinboden erkennen. Dort hinunter musste ich also. Raue Steinplatten verliefen in alle Richtungen, aber die Düsternis verschluckte jeden Lichtstrahl.

War das Ganze wirklich nötig? Zögerlich sah ich mich in der Küche um. Vielleicht würde es ja reichen, wenn ich Wilmas heimliches Rauchen verpetzte, vielleicht würde das Hakim dazu bringen, uns hier abzuholen?

Wilma würde mir das allerdings nie verzeihen. Genauso wenig, wenn ich Mama von den hässlichen Typen und der Nerzfarm erzählen würde. Außerdem würde ich mich dann den Rest meines Lebens fragen, was in dem Keller war, wenn ich jetzt zu feige wäre nachzusehen.

Es gab kein Zurück mehr.

»Los, kommt schon!«, forderte ich die Mädchen auf und holte Bücher aus den Regalen, die ich rund um die Kanten der Luke platzierte – falls sie zufallen würde, wenn wir unten waren. Das war zwar äußerst unwahrscheinlich, aber davor hatte ich eben am meisten Angst: in der Dunkelheit festzusitzen und langsam zu ersticken. Ich schlüpfte in Stiefel und Regenjacke und zog die Kapuze über den Kopf, damit nichts auf mich tropfen oder sich auf meinen Nacken ringeln konnte.

Endlich kamen Wilma und Matilda aus der Mägdekammer und schauten in das Loch hinunter.

»Ich fass es ja nicht …« Wilma seufzte. »So was machst du wohl besser mit Mama.«

»Schaff ich es noch aufs Klo?«, meinte Matilda.

Schließlich stiegen wir doch alle zusammen hinunter.

Wenn unser Häuschen feucht und düster war und schlecht roch, dann war das nichts, verglichen mit diesem Erdkeller. Wir klammerten uns an die Leiter und ließen den Lichtkegel über die Wände flackern, die aus rauen Steinbrocken mit rostigen Haken bestanden. Von der Decke hingen Spinnweben in ekligen Fetzen.

Es roch nach Erde und Eisen und der Raum war abscheulich eng. Außer durch die Luke in der Küche kamen nirgendwo Luft oder Licht herein, sodass es bald schwerfiel zu atmen.

In einer Ecke lagen Stofffetzen und ein Stapel Zeitungen und eine Wand war mit Eisenregalen zugestellt. Darauf standen Pappkartons, mit Paketschnur zugebunden, aber sonst war der Raum leer.

»Warum hat man noch so einen Keller?«

Weshalb flüsterte ich? Ich sah, dass Wilma und Matilda mit den Zähnen klapperten.

»Vielleicht war das der alte Kirchenkerker?«

»Du meinst vom König? Die Kirche hatte doch wohl keinen …«

»Doch, früher beging die Kirche eine Menge Grausamkeiten.«

Warum brachten sie den Keller mit der Kirche in Verbindung? Wussten sie, dass Svärtan einmal der Kirche gehört hatte? Matilda deutet auf die Haken und wisperte, dass sie solche im Historischen Museum gesehen hatte. Man fesselte Menschen daran. Mit schweren Eisenketten, als Strafe, weil sie nicht an Gott glaubten, hauchte sie.

»Sei still …« Wilma legte ihr eine Hand auf den Mund. »Schsch.«

Das würde jedenfalls erklären, weshalb die Kirche ihr Häuschen gerade hier gebaut hatte. Weit entfernt vom Dorf, mitten in dem gruseligen Wald. Ich spürte, wie der Boden unter meinen Füßen schwankte.

Die Mädchen wisperten, während ich in jeder Zelle meines Körpers spürte, wie dringend ich wieder nach oben in die Küche wollte. Und diese Luke mit dem schweren Vorhängeschloss verschließen.

Aber was war in den Pappkartons? Ich nahm Wilmas Hand, sie ergriff Matildas und wir bildeten eine Kette, um zu den Regalen zu gehen.

»Passt auf die Spinnennetze auf!«

Wilma wedelte sich mit einer Hand vor der Nase herum.

»Iih, nein, ich sterbe!«

Ich bekam einen Karton zu fassen, schickte ihn an Wilma und sie schickte ihn weiter an Matilda. Dann streckte ich mich nach dem nächsten.

Er war leicht, aber irgendetwas war darin, etwas Weiches.

»Warum habe ich keine Gummihandschuhe angezogen?«

»Wir nehmen sie mit hinaus und machen sie in der Küche auf.«

Ich packte den letzten Karton und flitzte zur Leiter, um hinaufzuklettern. Die Teenager kreischten und drängten sich vor. Das war okay. Wichtig war jetzt nur, dass wir etwas in den Kisten fanden. Etwas, das all das hier wert war.

25

Stickereien?

In allen dreien? Alle Kartons mit Stickereien gefüllt?

Ich weiß nicht, worauf ich gehofft hatte, aber die Enttäuschung brannte mir im Hals, als wir den letzten Karton auskippten.

»Mensch, jetzt heul nicht … Vielleicht ist hier drin ja doch noch was Spannendes?«

Ich blickte erstaunt auf, als Wilma ein wenig interessiert klang. Sie hielt die oberste Stickerei in die Höhe, räusperte sich und las laut vor.

»*Adam gab Eva die Schuld, und die gab sie der Schlange*. Matilda, sag was Schlaues, du bist doch konfirmiert!«

Matilda stand über den Ausguss gebeugt und wusch sich hysterisch Hände und Gesicht, also entgegnete ich: »Das hat auf jeden Fall Karis Mama Fredrika gestickt.«

Ich deutete auf die Initialen. F.R. Dieselben wie auf *Eigener Herd ist Goldes wert*, das auf einem der Kissen stand, die auf so merkwürdige Weise im Wohnzimmer auf den Boden gelangt waren. Und Wilma nickte, breitete die Stickerei auf dem Küchentisch aus und fragte seufzend: »Aber wessen Schuld? Und wie gemein, die arme Schlange …«

Bei einigen Stickereien musste es eine Ewigkeit gedauert haben, sie anzufertigen, es waren große Stoffstücke mit dicken Buchstaben, die ihre Botschaft herausschrien, während andere kleiner und einfacher waren. Einige hatten Rankenmuster und verschiedenste Blätter und Blumen aufgestickt. Aber auf allen stand irgendein Zitat, vielleicht ein Sinnspruch.

Wilma las wieder laut vor: »*Und der Teufel, der sie verführte, ward* … ward?«

»Wurde.«

Matilda schaute ihr über die Schulter und Wilma las weiter: »*… ward in denselben See aus Feuer und Schwefel geworfen, in den man die Wildtiere und den falschen Propheten warf … und dort warden sie gepeinigt bis in alle Ewigkeit (Offb. 20.10).*« Wilma sah Matilda an. »Was heißt Offb. 20.10?«

»Das ist eine Abkürzung für einen Abschnitt in der Bibel.«

Die Mädchen nickten einander zu und ich freute mich, dass sie interessiert waren. Die Stimmung aus dem Erdkeller hing noch in der Luft und diese Botschaften hier waren alles andere als fröhlich.

»*Der Geist ist willig, aber das Fleisch ist schwach*«, las Wilma die nächste Stickerei vor, die auf einem hellblauen kleinen Stoffstück stand. »Was bedeutet das?«

»Vielleicht, dass die Menschen dumm sind?«

Ich blickte auf die Initialen und stellte fest, dass Karis Mama ganz verrückt nach Sticken gewesen sein musste! Wir hatten den Kreuzstich im Handarbeitsunterricht gelernt und es hatte eine ganze Schulstunde gedauert, um nur eine kleine Blume hinzubekommen. Für das hier musste Fredrika tausend Jahre gebraucht haben.

»Horcht mal, hier: *Wer ohne Schuld ist, werfe den ersten Stein (Joh. 8.7).*«

»Das ist auch aus der Bibel, oder?« Matilda warf uns einen Blick zu. »Sie muss an Gott geglaubt haben.«

Nicht nur, dachte ich. Alles drehte sich um Schuld, Scham und dass die Menschen böse waren. Hatte sie auch etwas Dummes getan?

»Höret her. Ihr Schlangen, ihr Abschaum, wie wollt Ihr nur der gerechten Strafe in der Hölle entgehen? (Mt. 23.33).«

»Meint sie, dass wir Schlangen sind oder Schlangenfutter?« Matilda schüttelte den Kopf.

Ich las den Spruch noch einmal und sagte dann: »Und was man auch tut, man landet in der Hölle. Glaubten die Leute das?«

»Wie gut, dass wir nicht damals gelebt haben, ha-ha ...«

Wilma versuchte, cool und taff zu klingen, aber sie wurde auch immer stiller und stiller.

Wie viele Stickereien waren es? Matilda und ich schätzten sie auf fünfzig bis achtzig, vielleicht hundert

Wandteppiche über Hölle und Schlangen, Schuld und Strafe, Steine, die geworfen werden sollten, Feuer, die brannten, und den Teufel. Ich holte einen Stift und mein Notizbuch. Vielleicht war es gar nicht so verwunderlich, wenn die gestickten Drohungen und das Böse durch die Bodenplanken heraufstiegen und sich in Svärtan ausbreiteten.

<u>Svärtan, was ich jetzt weiß:</u>

- Der Keller ist schrecklich und eklig.
- Aber der eklige Geruch kommt nicht von dort.
- Dort lagen nur jede Menge Stoffteile mit Stickereien, sonst nichts.

<u>Andere Dinge, die ich immer noch wissen will:</u>

- Ob Hunde mehr Sinne haben als Menschen.
  ICH GLAUBE DAS.
- Was mit den Menschen nach dem Tod passiert.
- Ob Fredrika ein schlechtes Gewissen hatte wegen etwas, das sie getan hat?

26

»Hallo, Opa, ich bin's wieder, Kari.«

Diesmal war er zu Hause, ich hörte die CD mit Julio Iglesias und sah die Aussicht vor mir. Das Mittelmeer, das sich glücklich in alle Richtungen erstreckte.

Aber Opa klang bekümmert.

»Ihr seid doch nicht *immer noch* in Svärtan?!«

»Doch, und ich frage mich, ob du ein Familienalbum hast oder Bilder von hier, die wir anschauen könnten?«

Behutsam schob ich das Fenster zu, während wir sprachen. Bei dem Gestank mussten wir es eigentlich offen lassen, aber ich wollte es wegen der Katzenjungen schließen.

Opa hatte keine Fotos. Und selbst wenn er welche gehabt hätte, würde er sie nicht schicken, so verstand ich das zumindest.

»Man soll nicht so viel in der Vergangenheit herumwühlen, Schnecke!«

»Gut, aber hast du in der Mägdekammer geschlafen, als du klein warst?«

»Nein, das war Großmutter Fredrikas Zimmer.«

»Sie war streng, oder?«

»Ich hatte Todesangst vor ihr.«

Und plötzlich begann Opa doch zu erzählen.

»Meine Großmutter war religiös, aber da war noch etwas anderes, etwas, das ...« Er verstummte einen Moment. »Sie war unglücklich und irgendetwas belastete sie, aber ich weiß nicht, was ...«

»Ach ja?«

Ich flüsterte und warf einen Blick über die Schulter. Ich hatte das Gefühl, als ob die Wände um mich herum die Ohren spitzen würden. Das war natürlich nicht möglich, Wände haben ja keine Ohren. Dennoch war das Gefühl so stark, dass mir beinahe das Herz stehen blieb.

»Warte kurz.«

Ich nahm Oscar aus dem Karton und verließ die Mägdekammer. Aber das war nicht genug, ich stürmte auch durch die nächste Tür und hinaus auf die Treppe. Erst da begann mein Herz wieder normal zu schlagen und ich konnte richtig atmen.

»Jetzt kannst du weiterreden, Opa.«

Was war hier los?

Ich kauerte mich auf die Treppe und versuchte mich zu beruhigen, Opas warme Stimme im Ohr. Fredrika hatte beinahe die ganze Zeit an den Wandteppichen in Svärtan gestickt und genäht. Obwohl die drohenden Botschaften Opa als Kind erschreckten und obwohl Kari sie bat, damit aufzuhören.

Victoria kam angesaust. Hatte sie auch etwas erschreckt? Sie drängte sich an mir vorbei, bellte und nahm Oscar mit hinunter ins Gras.

Ich folgte den beiden mit dem Blick und sagte: »Wichtig ist nicht, wie es einem geht, sondern wie man damit umgeht.«

»Ja, daran glaubte Kari! Aber ich selbst bin mir da nicht so sicher. Sie musste gegen ihren Willen die Schule beenden und viel zu früh zu arbeiten anfangen.« Opa machte eine Pause. »Und dann wurde ich geboren und ihre Geschwister wanderten nach Amerika aus. Aber irgendwer musste sich ja um Fredrika und die Hütte kümmern. Sie wurde nicht glücklich damit, dass sie diesem Sinnspruch gefolgt ist.«

»Aber wie war sie denn? Sonst so, meine ich.«

»Mama war lieb. Sie wollte, dass ich alles bekam, worauf sie verzichten musste. Mir hat sie also das Gegenteil von diesem Sinnspruch eingebläut. Ich sollte mich nicht mit der Situation zufriedengeben oder sie akzeptieren, bloß weil es jemanden gab, der älter war oder lauter schrie. Ich sollte mich durchsetzen. Und das habe ich getan!«

Du hättest Svärtan sofort verkauft, wenn du es geerbt hättest, dachte ich. Und wie gut wäre das gewesen!

Vor mir schubste Victoria Oscar um und das Katerchen fauchte und sprang die Hündin wütend an. Ich kicherte.

»Opa, das macht mein Katzenjunges auch.« Ich verfolgte den Zweikampf. »Du solltest ihn jetzt gerade sehen, wie er sich nichts gefallen lässt …«

Für ein paar Sekunden war Oscar auf Victorias Kopf geklettert und klammerte sich fest. Victoria drehte sich wie wild im Kreis, schüttelte sich und schaute verwirrt in alle Richtungen. Wo war der Kater hin? Ich lachte und beschrieb Opa alles haarklein.

»Er setzt sich immer durch, obwohl er so klein ist. Und ich glaube fast, dass Victoria ihn deshalb so gernhat.«

»Da siehst du es, Schnecke! Man soll nicht so viel auf alte Sprüche hören!«

27

Sachen, die eklig riechen:

- Kacke und Kotze
- Honig
- Gekochte Leber
- Alte Krabbenschalen (glaube ich)
- Seetang
- Hering
- Schimmelkäse
- Die Turnhalle in der Schule
- Nasser Hund (sorry, Victoria)

Ich blieb draußen auf der Treppe sitzen, weil ich nicht allein hineingehen wollte. Die Mädchen waren unterwegs und Mama malerte im Austragshäuschen. Und dann war da der Gestank. Wenn ich die Knie anzog und mich mit dem Rücken an die Tür lehnte, entkam ich dem Regen. Es gab ein kleines Vordach, das mich und mein Notizbuch davor schützte, nass zu werden.

Noch mehr Sachen, die eklig riechen:

- Alte Spüllappen
- Benzin
- Der Mülltonnenraum zu Hause in der Stadt
- Alte Zelte
- Fischfutter
- Bestimmte Sorten Tantenparfüm
- Verschimmelte Orangen
- Nasse Schwimmsachen, die man übers Wochenende in der Schultasche vergessen hat

Was, wenn sich der Gestank festbeißt und nie mehr weggeht?

Was, wenn Fanny und die ganze Klasse sich wegdrehen und sich die Nase zuhalten, wenn wir uns nach dem Sommer wiedersehen? Wenn sie sagen, dass ich nach Furz rieche, und zu flüstern anfangen und mich Furzie oder Furz-Kari nennen?

Noch mehr Sachen, die eklig riechen:

- Hundekotze
- Gekochter Blumenkohl
- Verrottete Eier
- Die Kläranlage, die wir mit der Schule besucht haben
- Schweinekacke oder Hundekacke
- ALLE anderen Kackearten
- Der Mundgeruch von meinem Zahnarzt Ove (sorry, Ove)

Ich machte eine Pause und schaute auf Oscar, der auf meinen Knien schlief. Er lag wie ein Eisbärjunges auf dem Rücken, strampelte mit den Tatzen und fuhr im Schlaf die Krallen aus und wieder ein. Ich lächelte. Träumte er, dass er Victoria im Garten jagte oder dass er ein großer Eisbär wäre? Ich strich über das weiche Fell am Bauch, aber da wachte er auf, rollte sich herum und blickte mich an.

»Oh, entschuldige.«

Er kletterte herunter, lief über die Wiese und ich sah, dass es tatsächlich zu regnen aufgehört hatte. Ich folgte Oscar zum Austragshäuschen und hörte Mama dort drinnen telefonieren.

»Aber du hast gesagt, bis zum Geburtstag!«

Ich merkte an ihrem Tonfall, dass sie mit Hakim sprach.

»Wegen welchem Geld denn?!« Ein Seufzen. »Klär das! Nein, sie hat noch keine Liste gemacht.«

Ich wollte eigentlich keinen Streit wegen meinem Geburtstag belauschen, aber es war schwer, mich zurückzuhalten.

»Na ja, dann ist es so. Wir müssen eine Anzeige aufgeben und mit den Mädchen sprechen.« Hakim sagte wieder etwas und Mama fauchte: »Du hast gut reden! Nein, das können wir nicht!« Hakim hielt einen langen Vortrag, dann sprach wieder Mama: »Es wird ständig schlimmer und stinkt jetzt schon bis zum Schlafzimmer, aber ich habe noch jede Menge zu tun. Und wir können es nicht so lassen. Logo. Wir haben gescheuert, den Abfluss gereinigt und alles geputzt, was man putzen kann.«

Hakim sagte wieder etwas und Mama seufzte.

»Und was kostet ein Kammerjäger? Also gut, du klärst das mit Kari, viel Glück.« Und dann senkte sie die Stimme. »Ich glaube ja, dass ich jetzt weiß, wonach es riecht … Es stinkt nach Leiche.«

Leiche? Ich fuhr zurück und stieß gegen etwas, das schepperte.

»Warte.« Mama steckte den Kopf zur Tür heraus und sah mich. »Wir sprechen später weiter, Hakim, Küsschen.«

28

Wir laufen durch den dunklen Garten zum Austragshäuschen. Die Tiere blöken gemütlich, als wir die Tür öffnen, aber Mama springt erschrocken zurück, als wäre jemand hinter ihr her. Was ist passiert? Sie macht mir Angst. Sie zischt mich an, ich solle leise sein, obwohl ich kein Wort gesagt habe, und zerrt einen Jutesack aus dem Heu. Dann dreht sie mir den Rücken zu und kämpft mit dem Knoten. Ich tappe in die Dunkelheit hinein. Was ist das für ein Sack, wo kommt er her und was mag wohl darin sein? Wir sinken in der hintersten Box auf den Boden, wo es am dunkelsten ist. Mama stellt die Laterne vor sich hin, löst den Knoten und schüttet den Inhalt des Sacks mit zusammengepressten Lippen ins Heu. Und ich halte erschrocken die Luft an.

Vor mir liegen die Silberschätze der Kirche. Alles Wertvolle, das aus unserer Gemeinde verschwunden ist, direkt bevor Papa ertrank. WO hatte Mama sie gefunden? Der Boden beginnt zu schwanken, meine Wangen werden heiß und es läuft mir kalt über den

Rücken vor Angst. War SIE das? Es sind sechs Jahre vergangen, sechs lange Jahre, aber die Blicke der Leute im Dorf sind immer noch hasserfüllt, wenn über den Diebstahl gesprochen wird. Abschaum! Schweinehund! Satansräuber, der sich in Gottes Haus geschlichen und das Einzige gestohlen hat, das wir hatten!

»Warst du das?«

Ich hauche die Frage nur, meine Zähne klappern und ich wage es nicht, das Silber anzuschauen, und noch weniger Mama.

Aber wie sonst sollte es in UNSEREM Austragshäuschen gelandet sein? Ich blicke auf und Mama gibt mir eine Ohrfeige als Antwort.

»Wie kannst du es wagen, so dumm zu fragen?«

Meine Wange brennt, aber ich beginne vor Erleichterung zu weinen. Natürlich ist Mama nicht die Diebin! Ich werfe mich ihr an den Hals und flüstere, dass wir die Helden des Dorfes werden, wenn wir beim nächsten Gottesdienst mitten unter der Messe triumphierend die Silberstücke auf dem Altar aufreihen.

»Sei still!« Mama ist außer sich. »Verstehst du es nicht? Das war Konrad!«

Papa?! Geliebter, geliebter Papa, den ich jeden Tag vermisse, seit er starb, und über den meine Lehrerin und alle anderen im Dorf so gut reden.

Abschaum. Schweinehund. Satansräuber – und was passiert dann mit uns?

PAPA?

»Wir werden für das hier bezahlen müssen! Und jetzt müssen wir schnell weg, bevor sie uns auf die Schliche kommen!«

BEURTEILUNG: 80 % wirklich, 70 % gruselig.

Ich schrieb schnell, die Zunge zwischen die Lippen geklemmt. Es war nur ein Traum. Aber dann hörte ich, dass jemand weinte. War ich das? Ich war noch so von dem Traum gefangen. Doch als ich den Kopf hob, sah ich, dass Wilma dasaß und schluchzte und sich über den Karton auf dem Boden beugte.

»Was hast du, was ist passiert?«

Wilma drehte sich um und hielt mir Justin hin. Das kleine schwarze Kätzchen lag schrecklich still in ihren Händen.

»Hat er zuletzt gefressen, als du ihn gefüttert hast?«

»Ja …« Ich dachte nach und nickte. »Ja.«

Wir fütterten Justin noch immer in der Nacht, aber er war die ganze Zeit über zarter und langsamer in der Entwicklung als Oscar. Aber doch nicht so sehr. Wilma strich über den kleinen schwarzen Kopf und Justin blinzelte oder fiepte nicht einmal.

»Stell dir vor, wenn er stirbt.«

»Sag das nicht!«

Die Tür ging auf und Matilda kam mit warmer Milch in der kleinen Schüssel herein. Sie streichelte Wilma über den Rücken und tröstete sie: »Wir versuchen ihn dazu zu bringen, dass er ein bisschen frisst. Das wird schon, Wilma, alles wird gut.«

»Als ob du Oscar behalten dürftest!« Wilma zischte mich an wie eine Schlange. »Das darfst du nicht! Ich habe Mama und Hakim darüber reden hören.«

Stimmte das? Ich starrte sie schockiert an.

»Streitet jetzt nicht.« Matilda seufzte, nahm Wilma Justin ab und versuchte, Milch in ihn hineinzubekommen. »Er schafft das schon, Wilma, alles wird gut ...«

Wollten sie mich zwingen, Oscar herzugeben? Ich hob das Katerchen hoch, lief zur Tür und wiederholte das Grässliche, was mir der Traum mitgeteilt hatte: »Nein, es wird nicht alles gut! Überhaupt nicht!«

»Hör auf!!«

»Justin wird sterben!«

»Halt die Klappe! Schmeiß sie raus!«

Matilda und Wilma schrien mich an und Mama kam gelaufen. Jetzt schrie ich auch und raste aus der Mägdekammer, weit weg von Svärtan und dem Gestank.

29

Ich hatte noch nicht einmal gefrühstückt und jetzt radelte ich durch den Regen, mit Oscar unter der Strickjacke. Wir flogen über den glitschigen, holprigen Waldweg mit Sicht auf das Dorf und die Zivilisation. Die kleinen Krallen kratzten mich durch das T-Shirt.

Niemals würden mir Mama und Hakim Oscar wegnehmen können! Ich pfiff auf Urgroßmutter und Svärtan, jetzt wollte ich nur noch von hier weg. Und zwar so schnell wie möglich. Aber an einer scharfen Biegung vergaß ich zu lenken. Der Weg führte um eine Kiefer herum, aber ich fuhr weiter geradeaus.

»Aua!«

Äste zerkratzten mir das Gesicht. Ich schrie, lehnte mich zur Seite und konnte dem Baumstamm gerade noch ausweichen. In voller Fahrt holperte ich über Blaubeerranken und Moos, direkt in den Wald hinein. Bis uns etwas in die Quere kam und wir flogen – mitten in einen Ameisenhaufen.

Wir verletzten uns nicht, aber ich landete auf allen vieren in dem Haufen und das war schlimm genug. Ich warf mich auf die Seite, zog Oscar unter der Strickjacke hervor und bürstete mir kreischend Tausende von wütenden Ameisen ab, die auf mir herumwimmelten und mich bissen. Ich schleuderte die Stiefel von mir und riss die Jacke herunter, aber Wilmas Worte und der Traum brannten mir noch im Herzen. *Nein, es wird nicht alles gut.*

Dann weinte ich.

Ich war nass, hungrig und voller Ameisenbisse und hüpfte auf Strümpfen im Wald herum. Wo waren meine Stiefel? Armer Oscar! Und ich! Und Wilma! Und Kari!

Ich dachte an Opas Worte, dass man nicht zu viel auf die alten Sprüche hören durfte, und heulte wie ein Schlosshund vor Heimweh. Was sollten wir in Svärtan nur den ganzen Sommer über machen? Und warum hatte ich bloß so eine elende Geschichte ausgegraben?

Wenn etwas an dem Traum dran war, dann hatte Konrad das Kirchensilber gestohlen, obwohl er der beste Freund des Pfarrers war. Und dann waren sie alle beide gestorben. Fredrika und Kari hatten das Silber gefunden und sich zu Tode geschämt. Und uns dennoch in den ganzen Mist mit hineingeritten, indem sie Svärtan Mama überlassen hatten.

Was konnten wir denn *jetzt* dagegen tun? *Ich?*

Ich lehnte mich an eine Kiefer und dachte nach. Ich war davongeradelt, um den Bus nach Kvarnbotten zu suchen und von Svärtan wegzukommen. Aber ich musste genau das Gegenteil machen. Ich musste mich noch viel tiefer in alles hineingraben. Ich konnte jetzt nicht aufgeben! Mit oder ohne Stiefel.

Ich hatte Glück. An die Friedhofsmauer gelehnt stand ein großes rostiges Herrenfahrrad, das ich wiedererkannte. Ich parkte mein Rad daneben und ging durch die offene Pforte in die Kirche hinein.

»Hallo?«

Enok Andersson saß auf einer Bank ganz vorn neben einem Fenster.

»Hallo, Entschuldigung, kann ich Sie etwas fragen?«

Ich glaube, dass mir Oscar unter meiner Strickjacke Mut machte. Wir blickten uns einige Sekunden an, der Alte und ich, und ich versuchte herauszufinden, ob er gerade »klar« oder »verpeilt« war, wie Mama es genannt hatte. Vielleicht ging es ihm mit mir genauso, schließlich stand ich mit Schrammen im Gesicht, einem Kätzchen unter der Strickjacke und nur einem Stiefel vor ihm. Aber Oscar half uns. Er lugte zwischen den Jackenknöpfen hervor und wollte an Enok schnuppern.

»Oh, so ein Kleines.«

Wir guckten Oscar eine Weile zu und dann war es leichter zu reden.

»Also, ich frage mich eine Sache. Wissen Sie etwas über einen Konrad, der vor ungefähr hundert Jahren hier Kirchendiener war?«

»Aber wessen Mädchen bist du?« Enok blickte mich verwundert an. »Bist du mit Kari Rask verwandt?«

Ich schaute ihn genauso verwundert an. War er so klar, dass er tatsächlich sehen konnte, dass ich mit ihr verwandt war?

»Ja, ein bisschen. Urenkelin.« Ich kratzte mich an einem Ameisenbiss am Hals und schaute zur Seite. »Und ich frage mich, wissen Sie etwas über … ihren Vater?«

»Den Kirchendiener Konrad Rask?«

Enok nickte und deutete auf die Tür. Wir verließen die Kirche und gingen über den Friedhof zu »unserem« Grab, während Enok erzählte: »Der Kirchendiener Konrad Rask war mit Fredrika verheiratet und sie bekamen vier Kinder. Kari Rask war die Älteste. Die drei jüngeren wanderten nach Amerika aus.«

Hier verstummte der Alte und zog sich die Pelzmütze vom Kopf. Er räusperte sich und wischte sich mit einer Hand über die Augen.

»Und Kari Rask starb im Frühjahr.«

Ich nickte und kratzte mit meinem Stiefel über den Kies. War er traurig? Ich wusste nicht, was ich sagen sollte. Und Enok seufzte, setzte sich die Pelzmütze wieder auf den Kopf und dann sah ich, was er in der Hand hatte: das rote Porzellanherz. Er hatte mit ihm in der Kirche gesessen und jetzt legte er es zurück.

»Kari war zehn Jahre älter als ich, aber wir hatten es wirklich schön zusammen. Jetzt ist es so still geworden. Ich hatte gehofft, wir würden mehr Zeit miteinander haben ...«

Ich nickte und wir standen wieder schweigend da. Bis Oscar unter meiner Strickjacke zappelte. Ich holte das Katerchen heraus und gab es Enok.

»Streicheln Sie ihn ein bisschen. Hier.«

»Danke.« Enoks Hand sah über Oscars Rücken wie eine Pferdedecke aus. »Danke dir.«

Oscar schaute so verwundert drein, dass ich kichern musste. Und da wirkte auch Enok plötzlich fröhlicher.

»Wir können ins Pfarrbüro gehen und Sonja fragen, ob wir im Archiv nachsehen dürfen. Ich habe angefangen, Dinge zu vergessen, aber dort findet man all die alten Geschichten.«

»Mm.«

Ich dachte wieder an Opas Worte und zögerte. Aber gleichzeitig wollte ich so unendlich gern wissen, ob es Kari irgendwie gelungen war, das Diebesgut zurückzugeben, und ob man Konrad verziehen hatte.

»Wissen Sie etwas über ... äh, über Konrad Rask und das Kirchensilber, das verschwand?«

Ich sagte nicht »gestohlen wurde«, aber ich wurde trotzdem rot.

»Das alte, meinst du?« Enok blickte mich an. »Ich weiß, dass es ein Foto davon gibt, aber das hatte ja nichts mit Konrad zu tun.«

»Und Pfarrer Petrus, woran ist der gestorben?« Ich deutete auf das große schwarze Kreuz, als wir an Hedins Familiengrab vorbeigingen. »Mama sagt, dass er und Konrad Freunde waren. Und erst starb Konrad 1918 und dann Petrus 1920, nur zwei Jahre später. War er viel älter als Konrad?«

»Du bist mir aber ein neugieriges Mädchen, du.«

Enok gluckste, öffnete die Tür zum Büro neben der Kirche und grüßte eine ältere Frau dort drinnen.

»Hallo, Sonja. Hier kommen Enok Andersson und eine kleine Detektivin!«

30

Ich hatte gedacht, das Archiv wäre ein Kellerarchiv mit Kerzenständern, Spinnweben und Mönchen in braunen Kutten. Aber dieses Archiv hier bestand nur aus einem modernen Computer und einigen Regalen im Pfarrbüro.

Enok fand ein Foto von dem Kirchensilber, das 1918 gestohlen worden war. Ein großer Kerzenleuchter, ein Silberbecher, eine Platte und eine silberne Schale waren verschwunden. Meine Hände begannen zu zittern, als ich das Bild nahm. Exakt! Ich erkannte die Sachen aus meinem Traum wieder, in dem Kari und Fredrika genau diese Dinge in unserem Austragshäuschen im Garten gefunden hatten.

Dann rollte Enok mit dem Bürostuhl zum Bücherregal und suchte eine Kopie von einem handgeschriebenen Zettel mit sehr alter Handschrift heraus.

»Lies, Mädchen!«

»Aber diese Schrift ...«

»Die musst du lernen. Hier steht es ...«, er stupste mit dem Finger auf die wimmelnden Buchstaben, »... das

Kirchensilber verschwand in der Nacht vom 13. auf den 14. Januar 1918.«

Enok blätterte zu dem nächsten Kuvert, wieder ein handgeschriebenes Papier, und schien mich ganz vergessen zu haben.

Ich trat von einem Bein auf das andere und räusperte mich ein bisschen.

»Und Petrus?«

»Ja, genau, lass mich mal sehen …«

Er rollte zurück zu dem Computer, tippte ein wenig auf der Tastatur herum und öffnete eine Datei.

»Petrus Hedin. Geburtsort, Anstellung, Todesursache …« Er murmelte vor sich hin. »Hier!« Jetzt blickte er mich zufrieden an. »Spanische Grippe.« Dann schlug er sich verärgert auf den Kopf. »Da hätte ich aber drauf kommen müssen!«

Er schob die Hände unter die Pelzmütze, rieb sich die Schläfen und seufzte.

»Kristina in Halt starb ja auch, zwei ihrer Kinder und beinahe alle Knechte auf dem Hof.«

»Spanische Grippe?«

Enok zog ein Lexikon aus dem Regal, brummelte etwas über die Jugend und Allgemeinbildung, blätterte zu S und tippte mit dem Finger auf eine Seite.

»Das wirst du ja wohl lesen können!«

Ich las laut vor: »Die Spanische Grippe war eine ungewöhnlich schwere und tödliche Form der Influenza, die sich gegen Ende des Ersten Weltkriegs und direkt danach auf der ganzen Welt ausbreitete. Ihr Ursprung ist unbekannt. Die meisten Todesopfer waren junge Erwachsene, die sonst gesund waren. Bei üblichen Influenza-Epidemien sind es normalerweise Kinder, Alte und Personen mit geschwächtem Immunsystem, die am schwersten betroffen sind. Die Pandemie dauerte von März 1918 bis Juni 1920 und erreichte sowohl die Arktis wie abgelegene Inseln im Pazifik. Zwischen fünfzig und hundert Millionen Menschen starben.«

31

Mama kam mir mit ausgebreiteten Armen entgegen.

»Mein Schatz, so etwas kommt vor!«

Was kommt vor? Mein Herz begann hart zu schlagen. Ich ließ das Rad fallen und setzte Oscar ins Gras. Mama jammerte über all meine Ameisenbisse, aber die waren ja wohl nichts im Vergleich zu der Spanischen Grippe. Wilma und Matilda kamen mir mit einem kleinen Pappkarton entgegen.

»Gut, dass du da bist.« Wilma warf mir einen zornigen Blick zu. »Wir wollten gerade anfangen.«

Wir begruben Justin hinter den Johannisbeerbüschen am Ende des Gartens.

Wilma weinte superviel, Mama umarmte sie und Matilda las ein Gedicht darüber vor, dass nach dem Regen wieder Sonnenschein kommt.

Hier nicht, dachte ich, während ich das Loch schaufelte.

»Das reicht, Kari.«

Die Mädchen legten die Kiste mit dem toten Katzenjungen in das Loch und hoben den Deckel an, um ein letztes Mal Tschüss zu sagen. Wir warfen ein wenig Erde auf ihn und Victoria und Oscar schauten neugierig zu. Aber dann erstarrten sie, als sie Justin erblickten. Was machten wir da?! Oscar flitzte wie eine Pistolenkugel davon und Victoria legte die Ohren an und begann uns anzubellen.

»Sei still!« Mama nahm sie am Halsband und sperrte sie ins Austragshäuschen. »Pschsch!«

Wilma weinte noch mehr, Svärtan glotzte düster und Matilda las das Gedicht im Regen noch einmal vor.

Hier kommt nach dem Regen nur Regen, dachte ich.

Warum sollte dieser Konrad denn das Silber gestohlen haben? Und wo war es jetzt?

32

»Hoch soll sie leben, hoch soll sie leben …«

Da war er also, mein zwölfter Geburtstag, mein einziger und schlimmster. Ich war mitten in einem Traum, als Wilma und Mama mich mit ihrem krächzenden Gesang weckten. Der Regen schlug gegen die Fensterscheibe und die beiden hielten sich die Nase zu, als sie sich neben mein Bett stellten. Der Gestank war immer noch schlimm. Mama beugte sich über mich, stellte das Tablett mit der Kerze und der Pfannkuchentorte auf meine Decke und umarmte mich kurz.

»Alles Gute, mein Liebling!«

»Alles Gute.« Wilma zog sich zur Tür zurück. »Können wir in der Küche essen?«

»Warte, nein, ich werde ja wohl einen einzigen Tag im Jahr im Bett frühstücken dürfen?«

Aber sie hörten nicht auf mich, sondern gingen mit dem Tablett in die Küche, auch wenn der Gestank dort beinahe genauso schlimm war. Ich stieg aus dem Bett und folgte ihnen.

»Wo ist Hakim? Er wollte doch heute kommen.«

Mamas Blick flackerte. Ich konnte es kaum glauben. Er war immer noch in der Stadt! Obwohl heute mein Geburtstag war und obwohl er es versprochen hatte!

»Wann kommt er dann?«

»Ich weiß es nicht.«

»Aber er hat es doch gesagt! Und warum hat er das Auto genommen?«

»Er kommt bald, hoffe ich, Kari, bald.«

»Wie hieß der Ort, wo wir Matilda abgeholt haben? Kvarnbotten?«

Matilda war am Tag zuvor abgereist. Sie konnte mit Amandas Familie vom Campingplatz heimfahren. Wilma und ich wären sofort mitgefahren, aber es gab nur fünf Plätze im Auto.

»Kvarnköping.« Mama seufzte, stand auf und öffnete das Fenster. »Aber wir können mit unserem ganzen Kram nicht den Bus nehmen. Und mit Victoria. Außerdem müssen wir herausfinden, was hier so riecht. Diesen Gestank können wir nicht einfach ignorieren und auf und davonfahren.«

Ich schaute auf das Geburtstagstablett, das sie für mich hergerichtet hatte, setzte mich an den Tisch und wollte mich auf die Geschenke stürzen.

Aber es gab keine.

Nicht ein einziges klitzekleines Paket.

Was war hier los? Ich blickte vom Tablett zum Rest meiner Familie und schluckte. Mama blickte beschämt zurück.

»Also, ich habe gedacht, Kari …«

Wirklich gar nichts?

Mir schossen die Tränen in die Augen und ich stand wie benebelt auf und holte Oscar. Er wartete hinter der Mägdekammertür und jammerte laut. *Entschuldige, dass ich dich in dem ganzen Durcheinander vergessen habe!* Ich bohrte meine Nase in das weiche Fell und wollte einfach nur so stehen bleiben.

»Hör mal, Kari, wir dachten, Hakim und ich, also, das, was du dir am meisten wünschst …«

Ich schnaubte, als sie Hakim erwähnte.

»… das kann man nicht mit Geld kaufen …«

Was denn? Luft? Liebe? Freiheit? *Dachte sie, dass ich sieben bin, oder was?* Ich stöhnte.

»… und auch nicht in Geschenkpapier wickeln.«

Von was redete sie da? Ich schnaubte noch einmal und bohrte meine Nase nur noch tiefer in Oscars Fell. Ich war so müde davon, alles Mögliche selbst herausfinden zu müssen. Konnte sie es jetzt nicht einfach sagen?

Ich bekam Oscar!

Mama und Hakim hatten entschieden, dass er dieses Jahr mein Geburtstagsgeschenk sein sollte. Dass ich mein Katerchen behalten und mit nach Hause in die Stadt nehmen durfte. Vor Glück und Erleichterung begann ich zu schluchzen.

»Freust du dich nicht?«

Wilma starrte mich wie eine Gewitterwolke von der anderen Seite des Tisches aus an.

»Ja … klar.«

»Meine Güte, ist die undankbar!«

»Das bin ich nicht!«

Sie zerrte die Pfannkuchentorte zu sich heran und schnitt ein großes Stück für sich selbst ab.

»Wenn Kari Oscar behalten darf, will ich einen Nerz haben.«

Mama schaute sie verwundert an.

»Einen Nerz …?«

»Das war ja nicht *meine* Schuld, dass Justin gestorben ist!«

»Nein, darüber haben wir doch gesprochen, das sollst du nicht glauben.« Mama streckte eine Hand über den Tisch nach ihr aus. »Justin war schon schwach, als ihr ihn fandet, das haben Hakim und ich gesehen. Aber warum gerade einen Nerz, Wilma? Das sind ganz ungemütliche und aggressive Tiere.«

»Ach ja?«

Wilma ließ den Löffel scheppernd auf den Tisch fallen und schluckte den Bissen hinunter.

»Aber wie wärst du denn, wenn man dich in einen Käfig sperren würde, der nur vierzig mal vierzig Zentimeter misst, und dir droht, vergast zu werden, nur weil irgendeine Tusse dich als Pelzkragen haben will?«

»Nein, ich meine ja nur, dass ein Nerz kein Haustier ist.«

»Das ist so ungerecht und schrecklich und ihr seid so kranke Egoisten!«

»Aber Wilma …«

Jetzt deutete meine Schwester auf mich.

»Du hast gesagt, dass ich ein Egoist bin, nur weil ich es *einmal* nicht geschafft habe, die Kätzchen zu füttern, aber was bist du jetzt?«

»Schatz, das ist Karis zwölfter Geburtstag und wir wollen es ein wenig …«

»Gemütlich haben?!« Ihre Stimme begann zu zittern. »Während zweitausendfünfhundert unschuldige und verängstigte Nerze nur ein paar Kilometer von hier entfernt in einer Nerzfarm sitzen. Sie werden nicht einmal ein Jahr alt! Und da sollen wir jemanden feiern, der zwölf Jahre alt geworden ist! Wenn niemand schnell etwas unternimmt, dann werden sie *sterben*. Aber das ist euch ganz egal, ihr interessiert euch nur für Oscar und Kari und dass sie einen gemütlichen Geburtstag haben.«

Jetzt legte Wilma den Kopf auf den Tisch und schluchzte laut. Mama sprang auf und wollte sie trösten.

»Aber Wilma, natürlich ist uns das nicht egal.«

»Was, dann kann ich also einen Nerz haben?«

Ich saß mit Oscar auf dem Schoß am Tisch und sah, dass Wilma nicht wirklich weinte, ihre Augen waren trocken. Und Wilma benahm sich IMMER so an meinem Geburtstag. Mehr oder weniger. Obwohl ich jünger bin, macht es mir nichts aus, dass sie an einem Tag im Jahr Geschenke und Aufmerksamkeit bekommt, aber sie wird jedes Mal eifersüchtig und zickig, wenn es mein Tag ist.

Mama hockte sich vor Wilma hin und nahm ihre Hand.

»Liebling, wir können hier nicht zweitausendfünfhundert Nerze haben.«

»Ich habe ja nicht gesagt, dass wir alle nehmen sollen, ich habe gefragt, ob ich *einen* haben kann.«

Mama wusste ganz eindeutig nichts über die Nerzfarm oder die Tierschutzaktivisten.

»Kann ich Torte haben?«

Keiner hörte mir zu, sie jammerten und redeten nur weiter über die Nerze. Obwohl es meine Torte war und mein Geburtstag! Behutsam setzte ich Oscar auf den Fußboden und achtete darauf, dass er davontippelte. Und dann packte ich den Tisch an der Kante und kippte ihn um.

33

Nach meinem Ausbruch waren Mama und Wilma etwas rücksichtsvoller. Wir sammelten die Porzellanscherben auf und machten eine Stunde sauber und sie schauten mich dabei immer wieder unsicher an, als wüssten sich nicht mehr so genau, wer ich bin.

Das fühlte sich saugut an.

Ich war wirklich ein Feigling gewesen!

Hatte Wilma immer nachgegeben, nur weil sie älter war und lauter schrie. Aber jetzt verhielt ich mich genau so, wie Urgroßmutter es Opa beigebracht hatte. Und wie Oscar, mein cooles Katerchen. Jetzt konnte passieren, was wollte!

Als wir fertig waren, trollte sich Wilma zum Campingplatz. Mama verfrachtete unser Bettzeug in das Gästezimmer des Austragshäuschens. Bis Hakim uns abholen käme, wollten wir dort schlafen. Er sei unterwegs, sagte sie.

Meinte sie das ernst?

Kaum hatte sie die Betten hergerichtet, machte sie

sich daran, wie gewöhnlich zu reparieren und zu malern, in ihrem wirbeligen, fröhlichen Tempo.

Das Gästezimmer war jedenfalls besser, als auf der Treppe draußen im Regen zu hocken oder in dem Gestank. Als Mama an die Tür klopfte und hereinkam, saß ich auf einem der Betten und schrieb.

»Hallo, ihr habt es aber kuschelig.«

Oscar und Victoria hatten sich bei meinen Füßen zusammengerollt und schliefen.

»Was machst du?«

»Nur so eine Sache …« Ich schlug das Notizbuch zu und zeigte es Mama. »Wir haben es dieses Jahr von unserem Lehrer bekommen. Als Geschenk für die Sommerferien.«

»Ach ja? Wie schön.«

Sie war behutsam und weich auf eine Art, wie sie es lange nicht gewesen war. Ich machte ihr Platz auf dem Bett und sie setzte sich und blickte auf ihre Hände.

»Als du vorhin so wütend wurdest … das war gut, glaube ich. Wilma ist ein wenig chaotisch in der Pubertät, aber deshalb dürfen wir doch dich nicht vergessen!«

Nein. Ich biss mir auf die Unterlippe, die zu zittern begonnen hatte.

»Ich dachte, vielleicht können nur wir beide im Herbst etwas unternehmen?« Mama blickte mich unsicher an. »Zum Beispiel einen Kurs belegen oder trainieren oder …«

»Muss nicht sein.«

»Ich will aber.« Sie sah mich flehend an. »Aber wir können ja noch darüber reden. Du hast ein Geschenk von Opa bekommen.«

Jetzt bemerkte ich erst, dass sie etwas dabeihatte: ein braunes Postpaket mit spanischen Briefmarken. Ich nahm es und begann, mit dem Klebeband zu kämpfen.

»Warte, ich helfe dir.« Mit Mamas Tapeziermesser ging es schnell. »Aber was ist das denn?«, fragte sie.

Opa hatte ein Fotoalbum geschickt, mit einem verschlissenen grünen Umschlag und einer Menge schwarzweißer Bilder.

»Schau nur!« Ich strahlte. »Er hatte eines!«

»Aber weshalb bekommst *du* das zum zwölften Geburtstag?« Mama schüttelte den Kopf. »Man kann doch nie aufhören, sich zu wundern.«

Ich blätterte herum und sah, dass es keine Beschriftungen zu den Fotos gab. »Kannst du mir helfen, hast du Zeit?«

Was so wahrscheinlich war wie dass es Leben auf dem Mars gab, dachte ich. Aber Mama nickte.

»Na klar! Wie spannend! Als ich ihn fragte, sagte Papa, dass alle alten Fotografien verschwunden seien.«

»Zu mir auch! Und dass es dumm ist, in den alten Geschichten zu graben.«

Hatte er seine Meinung geändert? War es vielleicht doch nicht dumm?

Das erste Bild zeigte ein Haus in einer Stadtstraße, das wir nicht erkannten. Das zweite zwei Kinder mit Spitzenkleidern und Stiefeln. Sie standen da und hielten sich an einem großen Samtsessel fest.

»Weißt du, wer sie sind?«

»Hm. Vielleicht Fredrika und ihr großer Bruder ...«

Neugierig beugte ich mich über das Bild. Die Jüngere hatte feste kleine Zöpfe und der Ältere kurze Haare und war vielleicht fünf, sechs Jahre alt.

»Jetzt bin ich unsicher.« Mama löste das Foto aus dem Album. Auf der Rückseite stand: »April 1921«. »Vielleicht sind das doch andere.«

»Ganz bestimmt. Weil Fredrika vierunddreißig war, als das Bild aufgenommen wurde.«

Mama schaute mich verwundert an.

»Wir haben doch auf dem Grabstein gelesen, dass sie 1887 geboren wurde«, erklärte ich.

»Aber warum hast du dir das gemerkt?«

»So halt.«

Mama nickte. »Aber wer kann das sein?«

»Lass uns weitergucken.«

Auf dem nächsten Bild standen sieben alte Männer aufgereiht neben einer Karre. Dann kam eines, auf dem Leute mit komischen Hüten in einem Garten saßen und Kaffee tranken. Danach drei Hochzeitsfotos und Bilder von mehreren Kindern, über die Mama nichts wusste.

Ich blätterte zurück zur ersten Seite, bis ich plötzlich darauf kam: »Das können doch zwei von den

Kleinen sein? Vielleicht Vendela und Gustav. Oder Östen …«

Mama blickte mich erstaunt an.

Ich fuhr fort: »Du hast gesagt, dass Vendela im selben Jahr geboren wurde, als ihr Vater Konrad starb, also 1918. Und das Bild ist 1921 aufgenommen. Das Mädchen sieht doch so aus, als wäre es drei Jahre alt?«

»Aber woher weißt du das alles?«

»Weil wir es gesagt haben …« Ich schielte zu meinem Notizbuch neben mir. »Als wir beschlossen haben, dass wir den ganzen Sommer über hierbleiben werden …«

Ich bekam Lust, ihr zu zeigen, was ich geschrieben hatte. Mamas Liebe zu Verwandtschaftsverhältnissen hatte sie Geschichtslehrerin werden lassen und uns diesen Sommer nach Svärtan gebracht. Und trotzdem wusste sie so wenig!

Ich beschloss, sie meine Notizen lesen zu lassen. Aber erst würden wir dieses Album hier zu Ende anschauen.

Wir blätterten und ich fand Fredrikas und Konrads Hochzeitsfoto. Ich erkannte sie aus meinen Träumen wieder und mein Mund wurde ganz trocken. Eine spitze Nase, Sommersprossen auf den Wangen und die Haare so streng nach hinten gesteckt, dass sie ganz schieläugig wirkte.

Ich schauderte und flüsterte: »Fredrika und Konrad.«

»Wie willst du das wissen?«

Mama starrte mich an.

»Äh, ich schätze es mal.« Ich zuckte mit den Schultern.

Mama war guter Stimmung und es war ja noch genug Zeit, ihr alles zu erzählen. Sie blätterte weiter und begann zu lachen, als sie eine Reihe Bilder von einer jungen Frau mit einem Baby auf dem Schoß sah.

»Weißt du, wer die beiden hier sind?«

»Was für ein Fettkloß, ist das Opa?« Ich kicherte und betrachtete die Bilder genauer. »Und Kari.«

Die Fotos bedeckten eine ganze Seite und Opa und Urgroßmutter sahen ganz einfach froh aus. Kari hatte kurze helle Haare wie Mama. Ich dachte auch an Enoks Trauer. Vielleicht hatte Kari am Ende doch noch ein gutes Leben gehabt? Opa fiel eine Haarlocke in die Stirn, er trug ein Hemd und Hosen mit Hosenträgern, die aussahen, als wären sie aus Leder.

Wir waren auf der letzten Seite angekommen, ohne dass wir ein einziges Foto von Svärtan entdeckt hätten. Enttäuscht blätterte ich zurück und stutzte bei dem Bild mit den Menschen mit den komischen Hüten im Garten, die Kaffee tranken.

»Aber schau mal, das ist doch hier aufgenommen?«

Mama erkannte das Häuschen auch wieder, das hinter den Leuten zu sehen war. Der Schornstein mit seinen speziellen Ecken, die Treppe, das Küchenfenster und das kleine Fenster der Mägdekammer. Ich beugte mich vor.

»Aber was ist das?«

Im Dachgiebel gab es noch ein weiteres kleines Fenster, neben der Mägdekammer. Mama betrachtete es auch und dann schauten wir uns verwundert an.

»Ja, was ist das für ein Fenster?«

34

Victoria und Oscar flitzten mit hinaus, als Mama und ich das Album nahmen und das Austragshäuschen verließen. Ausnahmsweise regnete es mal nicht, es sah sogar nach Sonne aus. Svärtans Fenster waren alle weit geöffnet.

Wir strichen mit den Händen an der Stelle über das Holz, wo wir das Fenster auf dem Foto gesehen hatten. Und es gab eine Spur davon! Es stimmte also, jemand hatte das Fenster überbaut.

»Warum baut man ein Fenster zu?«

»Das weiß ich wirklich nicht.« Mama trat ein paar Schritte zurück und betrachtete nachdenklich die raue Fassade, den dünnen schwarzen Baum und die Fenster, die uns düster anglotzten. »Aber wir sollten nachschauen, ob man es von drinnen auch sehen kann.« Sie schüttelte den Kopf. »Nur komisch, dass ich nichts bemerkt habe, wo ich mich doch so lange in der Mägdekammer aufgehalten habe ...«

Sie wollte zur Tür gehen, aber da begann Victoria laut zu bellen.

»Was ist denn mit dir los?« Mama blieb stehen und schaute sie verwundert an. »Soll ich nicht ins Haus gehen?«

Ich starrte auch auf den Hund und legte Mama eine Hand auf die Schulter.

»Können wir nicht ein bisschen warten ...«

Ich wedelte mir mit der Hand vor der Nase herum, aber was mich in Wahrheit erschreckte, war natürlich Victorias Reaktion. Hätte sie Stacheln, hätte sie die wohl jetzt aufgerichtet.

»Könnten wir nicht ... Fahrrad fahren oder baden gehen stattdessen?«

Im selben Moment schaute die Sonne hervor. Mama blickte in den Himmel hinauf, dann strahlte sie mich an und nickte.

»Na klar! Die Sonne ist extra zu deinem Geburtstag hervorgekommen, und das hast du bemerkt, Victoria. Logisch, die Gelegenheit müssen wir nutzen.«

Wir radelten zur Badestelle und ich dachte darüber nach, wie Mama Victorias Reaktion interpretiert hatte. Meinte sie im Ernst, dass Victoria gebellt hätte, weil sie baden wollte? Ich fragte nach und Mama schaute mich verwundert an.

»Aber sie badet doch so irre gern?«

»Ja, schon ...« Ich seufzte. »Glaubst du nicht, dass irgendetwas an Svärtan merkwürdig ist?«

»Nein, wieso?«

»Ganz ehrlich?«

Mama radelte mit mir um die Wette in Richtung Waldweg.

»Du meinst das mit den Kissen?«

»Zum Beispiel! Den Riss in der Tapete, über den du drübertapeziert hast. Ganz viele Dinge.«

»Was noch?«

»Merkst du nichts von der komischen Stimmung? Träumst du nichts Sonderbares? Schläfst du hier wie sonst auch?«

»Äh, ja? Wir hatten nun mal Pech mit dem Wetter und deshalb manchmal schlechte Laune. Und Hakim und ich haben ein paarmal gestritten.«

»Habt ihr Geheimnisse vor mir und Wilma?«

»Nein, wieso? Allerdings müssen wir herausfinden, was da so stinkt. Aber sonst ...« Mama warf mir einen besorgten Blick zu. »Kari, wovon sprichst du?«

Wir stellten die Räder neben einem Steg ab und ich wusste nicht, was ich sagen sollte. Ich hörte, dass Mama ganz ehrlich antwortete.

Es war schön, von Svärtan wegzukommen und eine Pause von alldem zu haben. Wir hielten die Gesichter in die Sonne, die herrlich wärmte, nickten einigen anderen Badegästen zu und lachten über Victoria, die sofort ins Wasser sauste.

»Schau nur, wie glücklich sie ist!«

Ich hatte Oscar bei der Herfahrt unter dem Pullover gehabt und jetzt setzte ich ihn auf den Boden. Er schaute sich verwundert um, gab Gas, als er Victoria im Wasser entdeckte – und legte an der Uferkante eine Vollbremsung hin. Jetzt lachten wir auch über ihn.

»Ja, es gibt wohl Grenzen. Du bist eine Katze, egal, wofür du dich selbst hältst«, sagte ich.

Ich deutete zu den Mülltonnen, wo die weiße Plastiktüte gelegen hatte.

»Hier war es. Danke, dass ich ihn behalten darf.«

Wir gingen auf den Steg hinaus und Mama lächelte mich an.

»Du hast dich hier verändert, Kari. Das habe ich schon bemerkt.«

»Das hast du auch, Mama. Und Hakim. Und Wilma.«

Und das gefällt mir gar nicht, dachte ich.

»Du machst dir Gedanken darüber, wie es früher war, Kari. Und auf eine Weise, wie du es im Frühjahr noch nicht getan hast. Das liegt wohl daran, dass du so gewachsen bist. Innerlich, meine ich. Wir lernen ja aus unserer Geschichte, das macht sie so faszinierend.« Mama lachte.

»Natürlich war es schade um die Pfannkuchentorte, aber es war gut, dass du deine Meinung gesagt hast.« Dann hob sie den Kopf und winkte. »Schau mal, wer da kommt!«

Wilma. Und zwei der Tierschutzaktivisten. Der eine mit den Affenarmen und der andere mit den schwarzen Haaren und dem Ring in der Nase. Und mit dem ging sie Hand in Hand!

Aber als sie uns erkannte, ließ sie seine Hand los, als hätte sie sich verbrannt, und wurde rot.

»Was macht ihr denn hier?!«

»Hallo, wie schön! Wollt ihr auch baden?«

Mama lächelte und gab dem Schwarzhaarigen die Hand. Und er war gar nicht stumm, sondern stellte sich als Gustav Hedin vor. Wilma deutete auf den See, sie war noch immer verärgert.

»Und was macht *er*?«

Sie meinte Enok Andersson, der mit Pelzmütze und Stiefeln in einem Ruderboot auf dem See saß. Er war mit irgendetwas beschäftigt. Nach einer Weile ruderte er zum Steg und legte nasse Kleidung zum Trocknen in die Sonne.

»Aber hallo, der wäscht hier einfach sein Zeug!« Wilma rümpfte die Nase und schaute ihre Freunde an. »Schafft es wohl nicht, sich eine Waschmaschine zu kaufen!«

Aber Gustav gähnte nur und der Typ mit den Affenarmen zündete sich eine Zigarette an.

Jetzt sah Wilma mich an. »Oder was? Ist das nicht unverschämt, den ganzen Steg so zu belegen?«

»Äh, hier hat man wohl früher gewaschen …«

Sie musste ihre miese Laune nun wirklich nicht an Enok auslassen. Und so schlimm war es ja wohl auch nicht. Gustav zog eine zerkratzte Plastikflasche aus der Tasche und schüttete sich das Getränk in den Hals, ehe er sie seinem Freund weiterreichte. Was war da drin? Die Jungen sahen viel älter aus als Wilma und ziemlich ungepflegt.

»Kommt und setzt euch ein bisschen zu uns.«

Mama sah Wilma flehend an und zu meiner großen Verwunderung sagte sie Ja. Wir legten die Handtücher ins Gras und ich hatte große Lust, einfach nur dazuliegen, in die Wolken zu blinzeln und zusammen mit den anderen die Wärme zu genießen. Aber stattdessen durfte ich durch das Gebüsch stolpern und nach meinem todesmutigen Katzenjungen suchen. Victoria kümmerte sich nicht um Oscar, wenn sie schwimmen konnte, und ich ärgerte mich, dass ich den kleinen Kater mitgenommen hatte.

Das einzig Gute daran war, dass mich Enok nicht sah. Das wäre peinlich gewesen, wenn er angekommen wäre und mich gegrüßt hätte! Ich war erleichtert, als ich feststellte, dass er seine Kleidung zusammensammelte und zu seinem Fahrrad ging.

»Er und Urgroßmutter waren verliebt ineinander. Er war es, der das Porzellanherz auf das Grab gelegt hat.«

»Ach wirklich?« Mama beschattete die Augen mit der Hand und schaute überrascht zu dem Alten hinüber, der sich auf sein Fahrrad schwang. »Woher weißt du das?«

»Urgroßmutter Kari?« Wilma schnaubte. »Was hatte die nur für einen krank schlechten Geschmack!«

Du musst reden, dachte ich und schielte zu dem Schwarzhaarigen hinüber. Dann wandte ich mich Mama zu.

»Ich weiß es einfach.«

Mir war klar, dass ich herausfinden musste, was mit

dem Kirchensilber geschehen war. Denn ich war sicher, dass alles damit zusammenhing. All das Merkwürdige, das wir auf Svärtan erlebten. Es hing alles damit zusammen.

35

Als wir vom Baden zurückkamen, verzog ich mich mit meinem Notizbuch wieder ins Austragshäuschen. Ich hatte den Traum von letzter Nacht aufgeschrieben und nun las ich ihn noch einmal durch. Und plötzlich begriff ich.

Wir sagen nichts! Keinen Mucks. Wir vergraben es in der Erde … Nein, wir können es nicht vergraben! Bist du verrückt, Mädchen. Gott wird uns sehen.

Dann eben woanders. Nein, wir landen in der Hölle! Mama, hör jetzt zu: Wir verlieren kein Wort darüber. Wir vergessen es und machen so weiter wie bisher. Aber Gott sieht alles, mein kleines Mädchen. Unsere letzte Stunde hat geschlagen!

Nein, er wird es verstehen und vergeben!

BEURTEILUNG: Ich habe es begriffen! 50 % abgehackt, 50 % gruselig, aber ICH VERSTEHE, WORUM ES GEHT!

Ich blätterte zurück zu den früheren Träumen und jetzt konnte ich das Puzzle legen, auf das ich gehofft hatte. Jetzt verstand ich! Kari war auf dem Weg nach Hause, um von ihrer Lehrerin zu grüßen und ihre Mutter Fredrika darum zu bitten, dass sie weiter zur Schule gehen durfte. Aber ihre Mutter hatte gerade Konrads Diebesgut im Heu entdeckt. Deshalb fiel Karis Wunsch unter den Tisch. Jetzt ging es nur noch darum, die Sachen zu verstecken und sich zu retten. Der Traum in der letzten Nacht war das Gespräch zwischen Fredrika und Kari, in dem sie überlegten, wo sie das Silber verstecken sollten und ob sie es schaffen würden.

Das taten sie, dachte ich und schaute aus dem Fenster, aber der Preis war hoch gewesen.

Und wenn wir jetzt das Silber finden würden? Was wäre dann?

Weiter kam ich nicht in meinen Gedanken, denn jemand stürzte in den Nebenraum und begann dort herumzuwühlen.

»Hier ist die große!«

Mama. Und dann Wilma, die schrie.

»NEIN! Halt sie auf!«

So schnell war ich noch nie aus einem Zimmer herausgerannt, aber ich konnte Mama trotzdem nicht einholen. Sie war ganz weiß im Gesicht und stürmte auf Svärtan zu, mit einer riesigen Axt in den erhobenen Händen.

»Warte, Mama!«

Wilma und ich schrien und stürzten ihr nach, aber die Wiese schien plötzlich unendlich groß zu sein. Mama nahm die Treppe zum Häuschen in wenigen Sekunden und ich wäre beinahe gestorben vor Angst – wenn in diesem Augenblick nicht jemand aufgetaucht wäre.

»Hakim!«

Er kam auf dem Waldweg aus dem Gebüsch, erblickte Mama mit der Axt und begann zu rennen. Er stürzte ihr nach durch die Haustür und Wilma und ich rasten hinterher. Aus der Mägdekammer hörten wir Mama brüllen: »Jetzt reicht es aber!«

Wir erreichten das Zimmer genau in dem Moment, als sie die Axt in die neu tapezierte Wand am Fußende meines Bettes krachen ließ. Dann schwang sie die Axt erneut und hieb gegen die Wand, bis Tapetenfetzen und Holzsplitter überall herumflogen. Was machte sie da? Wir starrten auf das rasch größer werdende hässliche Loch in der Wand bei meinem Bett und wichen zurück, weil der Gestank jetzt noch schlimmer wurde.

»Wah, pfui Teufel …«

Wir rannten aus der Mägdekammer und dem Häuschen. Draußen fiel ich im Gras auf die Knie und Wilma kreischte, dass sie gleich kotzen müsse.

»Hallo, wo seid ihr alle hin?« Mama stand allein noch immer in dem Gestank. »Könnt ihr mir eine Taschenlampe holen?«

Ich konnte es nicht fassen, wie sie das aushielt, aber ich holte die Taschenlampe und flitzte zurück zur Mägdekammer.

Mama wischte sich mit dem Pulloverärmel den Schweiß von der Stirn, senkte die Axt und deutete mit einem Nicken auf das Loch in der Wand.

»Und einen Spaten und vielleicht einen Kehrbesen oder so etwas ...«

Hakim lief und holte die Sachen. Und Wilma kniff sich fest die Nase zu und ging zurück in die Mägdekammer, um über Mamas Schulter in das Loch zu schauen.

Und dann begann sie laut zu weinen.

36

Es war ein Nerz.

Ein kleines, braun schimmerndes Tier hatte sich durch einen Riss in der Wand genagt und dann nicht mehr herausgefunden. Mama bekam ihn auf den Spaten und Hakim und ich gingen damit hinaus in den Garten.

Sein Fell war hell und das niedliche Tierchen sah aus, als würde es friedlich schlafen, aber der Gestank war unbeschreiblich eklig. Victoria und Oscar kamen angelaufen, machten aber sofort wieder kehrt. Und Hakim und ich wussten nicht, was wir mit dem Nerz machen sollten. Sollten wir ihn bei Justin hinter den Johannisbeersträuchern begraben?

Wir hatten uns noch nicht entschieden, als Mama rief: »Kari, Hakim! Kommt und schaut!«

Wir ließen den Nerz auf dem Spaten und rannten zum Mägdekammerfenster. Mittlerweile hatte Mama ein noch viel größeres Loch gehauen.

»Willst du das ganze Zimmer zerstören?«, fragte Hakim entgeistert.

»Kommt rein, es riecht nicht mehr so schlimm. Und ihr müsst das hier fühlen.«

Wir liefen in die Mägdekammer und Wilma folgte uns. Mama forderte Wilma und mich auf, die Hand in das Loch zu stecken.

»Aber warum denn?«

»Sag nicht, dass da noch mehr sind!«

Mama schüttelte den Kopf und schließlich steckte ich die Hand hinein.

»Fühl mal auf der Innenseite der Wand. Da ist ein Griff«, sagte Mama.

Mich schauderte und ich kniff die Augen zusammen. Es war gleichzeitig gruselig und spannend, meine Finger tasteten über das Holz auf der Innenseite und schließlich fand ich das kalte Metall. Ein Griff, als wäre da eigentlich eine alte Tür. Eine Tür, die jemand verrammelt oder verdeckt hatte. Warum?

Dann begriff ich es.

»Wartet, ich zeig es euch …«

Ich lief ins Austragshäuschen und holte das Fotoalbum. Schnell schlug ich die Seite mit den Menschen im Garten auf, um das Bild auch Wilma und Hakim zu zeigen.

»Schaut mal, hinter den Leuten. Das ist Svärtan, das haben Mama und ich herausgefunden. Aber seht ihr, da gibt es nicht nur eins, sondern zwei kleine Fenster bei der Mägdekammer.«

»Aber …?«

Es war ein aufrichtig verwundertes »Aber …?«, als

Hakim und Wilma das Album nahmen und das Foto genau betrachteten. Keiner stellte meine Entdeckung infrage, strubbelte mir durch die Haare oder nannte mich Schätzchen. Und Mama ging los und holte die Stichsäge.

Die Sägespäne flog in alle Richtungen, als sie die Wand aufsägte. Wir trugen unsere Matratzen und Sachen aus dem Zimmer, Wilmas Tisch und den Teppich in die Küche, und die Bretter, die die Tür verdeckten, landeten wie ein riesiges Mikado-Spiel auf dem Boden.

Was hatte ich da losgetreten? Durften wir das? Was hätte Urgroßmutter gedacht? Und Fredrika?

Ich schaute Mama zu und schluckte. Jetzt war es eindeutig: Wir waren einem großen Geheimnis auf der Spur.

Mama legte die Säge beiseite und ließ mich als Erste in das Loch steigen. Der Raum dahinter war etwa so groß wie eine Garderobe oder eine Vorratskammer, aber es sah aus, als wäre ich in eine andere Zeit geklettert. Wirklich komisch, dass wir ihn nicht früher entdeckt hatten. Am Fußende von Wilmas Bett war Platz für einen kleinen Tisch, aber bei meinem kam da direkt die Wand – ohne dass es eine Ausbuchtung in der Küche als Gegenstück gab.

Ich leuchtete mit der Taschenlampe alte Tapetenreste ab und Zeitungspapier mit vergilbten Anzeigen für Schneckengift.

Die Wände waren schief und ich dachte an den Ball,

der so merkwürdig über den Küchenboden gerollt und an dieser Wand hier liegen geblieben war. Jedes Mal.

Ich dachte auch an den Erdkeller und richtete den Lichtkegel nach unten.

»Es muss hier irgendwo eine Luke geben …«, sagte ich, als ich wieder herauskam.

»Eine Luke?« Mama sah mich skeptisch an. »Woher weißt du das?«

»Das habe ich …«, ich blickte zu Hakim, »das habe ich geträumt.«

Er wurde bleich und setzte sich auf mein Bett.

Ich fuhr fort: »Eine Luke, in die Kari mit einer schweren Tasche kletterte.«

»Wie bitte?!« Wilma starrte mich an. »Weshalb denn?«

»Lass Kari erzählen.« Mama legte eine Hand auf meine Schulter. »Sie weiß vielleicht Sachen hierüber, die wir nicht wissen.«

»Weil sie es geträumt hat?«, fragte Wilma höhnisch.

Ich stieg wieder in das Loch. Der Boden war hier drinnen auch anders, kein Linoleum wie in der Mägdekammer, sondern raue Planken. Ich klopfte an die Wände zur Küche, dann hockte ich mich hin und suchte nach Scharnieren wie bei der Luke zum Erdkeller.

»Die muss doch da sein.« Ich seufzte. »Hilf mir doch, bitte, eine Luke.«

»Das weißt du aber schon, oder?« Wilma lachte laut. »Dass Träume nicht echt sind?«

Ich antwortete nicht, sondern wischte nur noch einmal mit der Hand über den Boden in dem kleinen Raum. Aber da war nichts. Ich ärgerte mich über mich selbst. Warum hatte ich nur etwas gesagt? Wilma lachte über meine Träume und ich hatte keine andere Wahl, als wieder herauszuklettern.

Aber stattdessen richtete ich den Lichtstrahl nach oben zur Decke.

»Ja, da!«

Eine Luke.

Wohnzimmer
Mägdekammer
Schlafzimmer
Diele
Küche
Bad
Ein versperrter Erdkeller
Und ein Dachboden!

37

»Ihr haltet hier die ganze Zeit Wache, ja?«

Mama und ich hatten eine alte Holzleiter geholt, die wir durch das Loch verfrachteten und unter die Luke stellten. Mama bot an, als Erste hinaufzuklettern, aber ich schüttelte den Kopf.

»Das hier will ich selbst machen. Und dein Po passt da oben sowieso nicht durch. Da ist es sehr eng.« Ich guckte aus dem Loch zu Wilma. »Ja, das habe ich auch geträumt.«

Dann schob ich mir die Taschenlampe in die hintere Hosentasche und begann zu klettern. Ich versuchte, ganz cool zu wirken, aber in Wahrheit stieg meine Angst mit jeder Sprosse. Es kribbelte im Bauch und meine Beine zitterten, während ich mich langsam hinaufarbeitete.

Oben schob ich den Eisenhaken an der Decke auf, stemmte mich fest gegen die Luke und öffnete sie.

»Was siehst du?«

»Warte, ich leuchte mal hinein …«

Ich streckte den Kopf hindurch, richtete den Lichtstrahl in die Finsternis und wusste nur: Hier war es.

Mein Körper erkannte die Holzleiter von den Träumen, die schmale Luke, den Staub, der in der Nase kitzelte, und wie eng es hier war. Um das zu wissen, brauchte ich die Taschenlampe nicht. Ich hatte es in den Träumen gesehen – und jetzt in der Wirklichkeit.

Aber würde ich mich trauen, auf den Dachboden zu kriechen?

Ich schwenkte den Lichtstrahl über die Dachbalken, den Schornsteinsockel, die Sägespäne und das Wagenrad unter dem niedrigen Dach. Und ich musste niesen und schluckte, weil mein Mund trocken war wie ein Sägewerk, und ich nieste wieder.

»Was siehst du, Pupskind?«

Wieder Wilma, aber ich hielt mich zurück und rief nur nach unten: »Nenn mich nicht so!«

»Okay, entschuldige. Aber was siehst du denn?«

Sie klang neugierig. Das auszunutzen war nicht schwer! Ich grinste in mich hinein, nahm die Taschenlampe in den Mund und wollte mich gerade auf den Dachboden hieven, als die Leiter zu wackeln begann.

»Ich komme dir jetzt nach, Schatz …«

Ich schaute hinunter und schüttelte den Kopf.

»Nein!« Ich nahm die Taschenlampe aus dem Mund. »Warte da unten.«

»Aber der Dachboden trägt vielleicht nicht.«

»Doch, das tut er.«

»Er kann verrottet sein, Schatz.«

»Könnt ihr mir nicht ein Mal vertrauen!«

Ich fauchte derart, dass Mama auf der Hälfte der Leiter stehen blieb.

Dann stemmte ich mich hoch. Die Luft war kälter hier oben und es roch nach Holz und altem Papier. Ich schauderte vor Spannung. Vorsichtig kroch ich auf die vorderste Planke und spürte, dass sie mich trug.

»Kari, komm zurück!«

Die Planken waren dick und roh – was für ein Glück, dass ich Jeans anhatte. Sie lagen wie Stege in den Sägespänen, und ich sank ein wenig mit ihnen ein, als ich auf sie kroch. Aber es war gut, dass ich so ein bisschen mehr Platz unter dem Dach hatte.

»Warte, Kari!«

Das war ein gewöhnlicher Dachboden gewesen, dachte ich und nahm die Flickenteppiche und die alten Werkzeuge im Lichtkegel unter die Lupe. Sie waren mit Spinnweben und Staub bedeckt, weshalb ich sie nicht anfasste. Aber ich hob Teile auf, die vielleicht einmal zu einem Webstuhl gehört hatten, und Kästchen, in denen Garn lag. Hier war es auch nicht! Aber gerade als ich verzweifeln wollte, sah ich sie.

Die braune Reisetasche.

Ich streckte mich danach, musste tausendmal niesen bei all dem, was ich aufwirbelte, aber es gelang mir, sie zu packen, mich umzudrehen und zurückzukriechen. Es ging!

Es war ein gewöhnlicher Speicher gewesen, aber weder Fredrika noch Kari hatten ihn benutzt. In der Hoffnung, dass dort nie etwas gefunden werden würde.

38

»Was glaubt ihr, kann darin sein?«

Mama war froh und erwartungsvoll, während sie das Schloss auftrickste. Und Hakim alberte mit Wilma herum, wer näher randurfte. Er war wie zu Hause in der Stadt. Aber mir brach der kalte Schweiß aus und meine Beine zitterten, sodass ich gezwungen war, mich hinzusetzen.

Zuoberst lagen eine schwere Decke und eine alte Zeitung. Mama stieß einen Pfiff aus, als sie das Datum sah, irgendein Tag im Februar 1924.

Ich nickte. Schließlich wusste ich das alles ja aus meinen Träumen, es war Winter gewesen und Kari zwölf Jahre alt.

»Aber was ist das hier ...?«

»Oh ...«

Mama, Hakim und dann Wilma riefen: »Ein Schatz!«

Ich sagte als Einzige nichts. Hakim hob den Silberbecher heraus, den ich mit Enok auf dem Foto im Archiv gesehen hatte, und drehte ihn neugierig um.

Mama ergriff den großen silbernen Kerzenleuchter und Wilma zog eine silberne Platte und eine riesige Schale heraus. Dann war die Reisetasche leer.

Meine Zähne klapperten und ich spürte, wie mir die Tränen kamen, aber die anderen bemerkten es nicht. Sie waren so damit beschäftigt, die Sachen zu betrachten, hin und her zu drehen und Prägungen und Symbole zu vergleichen.

»Oh … hoppla.« Hakim lachte. »Diese Dinge hier haben wohl zufällig was mit den verschwundenen Gegenständen aus der Kirche zu tun, glaube ich.«

»Aber was machen sie hier?!« Mama fand das gar nicht so witzig, sie schaute bestürzt von dem Kirchensilber zu mir. »Kari, wusstest du, dass die Sachen hier sind?«

»Nein. Oder ja, aber …«

Ich schüttelte den Kopf und die Tränen liefen mir übers Gesicht.

»Konrad hat sie genommen. Karis Vater,« schluchzte ich.

»Aber woher weißt du das? Und warum hast du nichts gesagt?«

»Ich war mir nicht sicher. Oder besser, ich wusste nicht, wo sie waren. Und ich hatte Angst, dass ihr mir nicht glaubt.«

»Aber natürlich hätten wir das, Liebling!«

Mama schaute mich erstaunt an und ich redete weiter: »Ihr wart total komisch diesen Sommer! Aber ihr habt das selbst scheinbar nicht mal gemerkt.«

»Aber ich bin doch gerade erst gekommen?«, meinte Hakim.

»Ja! Wie konntest du uns hier einfach so zurücklassen? Ohne Auto?«

»Beruhigt euch jetzt.« Mama griff wieder nach der Zeitung, auf der »Februar 1924« stand. »Das stimmt nicht. Konrad starb doch 1918.«

»Ja«, sagte ich. »Aber Konrad stahl die Sachen irgendwann, bevor er ertrank, und Fredrika fand sie dann ein paar Jahre später in der Scheune, die jetzt das Austragshäuschen mit dem Gästezimmer ist. Und sie und Kari haben das Silber wieder versteckt, hier auf dem Dachboden …«

»Hast du das geträumt?«

Wilma kicherte erneut höhnisch und Mama warf ihr einen scharfen Blick zu.

»Sei jetzt still. Aber *weshalb* sollte Konrad das Kirchensilber stehlen?«

Ich schüttelte den Kopf. Das verstand ich auch nicht.

»Er hat doch für die Kirche gearbeitet!« Auch Mama schüttelte den Kopf. »Er wollte Pfarrer werden und all das und war der beste Freund des Pastors! Die Familien hatten doch Kontakt miteinander, weshalb Fredrika dann wohl auch Svärtan bekam. Und Großmutter Kari arbeitete auch in der Kirche. Das ist doch alles verrückt.«

»Genau. Warum hat Kari das Silber nicht zurückgegeben?«

Wir schauten uns verwirrt an und drehten und wendeten die Gegenstände, als könnten sie uns eine Antwort geben.

»Also …«, Wilma kicherte wieder, »… ich hab einmal geträumt, dass ich ein rosa Einhorn war!«

39

Ich war so wütend auf Wilma, dass ich aus dem Haus rannte. Und mit Enok zusammenprallte, der mit dem schwarzhaarigen Gustav vor der Treppe stand. Wir schrien beide auf und landeten im Gras.

Was machten die hier?

»Äh, ist Wilma da …?«, fragte Gustav und begrüßte Mama und Hakim artig, die herausgelaufen kamen. Hakim half Enok auf die Beine und Mama rief nach Wilma. Dann hielt sie die Tür auf und bat alle auf eine Tasse Kaffee herein.

»Aber Mama!«

Ich sprang auf. Das Diebesgut stand gut sichtbar auf dem Küchentisch! Schnell schlug ich die Küchentür zu und öffnete stattdessen die zum Wohnzimmer.

»Hier. Ich kann mich um Getränke kümmern.«

Mama führte Enok ins Wohnzimmer und half ihm auf den Sessel. Ich ging in die Küche und kochte Kaffee und mixte Saftschorle. Gustav und Wilma standen noch in der Diele. Ich hörte sie flüstern.

»Aber Wilma, begreifst du das nicht?« Gustav klang

sauer. »Wir haben das wer weiß wie lange geplant. Heute ist *die* Nacht! Du kannst doch nicht einfach abspringen.«

»Aber bei uns in der Familie ist etwas passiert ...«

»Wir brauchen *jeden*, wenn wir es schaffen wollen, die Käfige zu leeren. Auch dich!«

Ich ging mit dem Tablett mit den Saftgläsern und Tassen zu ihnen hinaus.

»Zeit für Kaffee!«

Mit einem Fuß stieß ich die Wohnzimmertür auf und wandte mich dann Mama zu.

»Wilma darf jetzt nirgendwohin, oder?«

»Nein, wohin willst du, Wilma?«

Mama nahm mir das Tablett ab, stellte es auf den Couchtisch und sah sie streng an. »Setz dich, Wilma, und du auch, Gustav. Enok hat etwas zu erzählen.«

Sie nahmen Platz und griffen nach den Saftgläsern. Waren Enok und Gustav zusammen hierhergekommen oder hatten sie sich zufällig getroffen?

»Ja, ich werde nicht langatmig sein ...«

Heute schien Enok klar im Kopf zu sein. Er nahm die Pelzmütze ab und schaute hinein, als ob dort etwas verborgen wäre. In der Mütze? Ja, er holte einige zusammengefaltete Zettel heraus, räusperte sich und blickte mich an.

»... neulich waren ich und das Mädchen im Archiv hier und haben nach Informationen über den Pastor Petrus Hedin gesucht.« Jetzt blickte er zu Gustav. »Also den Großvater deines Großvaters.«

Was?! Der versiffte Tierschutzaktivist, der hier saß und Saft schlürfte, war verwandt mit Konrads bestem Freund?

Gustav nickte. »Okay? Ich hab nur nicht den ganzen Tag Zeit.«

»Ich und das Mädchen waren im Archiv, und dort bin ich dann sitzen geblieben. Weil es da etwas gab, das nicht stimmte.« Enoks Wangen wurden ein wenig rosa. »Kari Rask und ich hatten nämlich privaten Umgang. Vor allem in den letzten Jahren ...« Er blickte auf seine Zettel hinunter. »Aber irgendetwas mit ihrem Vater war merkwürdig.«

Mama beugte sich vor.

»Was denn?«

»Kari hatte erzählt, ihr Vater hätte immer gesagt, Ehre und Stolz seien das, was arme Leute ihren Kindern mitgeben könnten. Und das stimmte mit dem Bild überein, das man von ihm im Dorf hatte: Konrad war ein guter Mann. Aber dennoch wollte Kari nie über ihn reden. Als würde sie sich für ihn schämen.«

»Ehre und Stolz ...?«

Ich beugte mich ebenfalls vor. Enok nickte.

»Ja. Das, was arme Leute ihren Kindern mitgeben können. Aber weshalb schämte sich Kari? Also saß ich in den letzten Tagen über alten Briefen, Einträgen und Notizen im Archiv. Aber ich fand nicht ein Wort über Konrad Rask, nirgendwo.«

Ich wechselte einen Blick mit Mama.

»Lies jetzt, Mädchen. Du wirst ja Detektivin.«

Enok reichte mir die Papiere, die warm und feucht waren, beinahe weich.

»Und es ist nicht verkehrt, wenn du auch zuhörst, Junge aus der Pastorenfamilie.«

»Äh, okay …«

Gustav schaute auf die Uhr und flüsterte Wilma etwas ins Ohr. Ich faltete die Zettel auseinander.

Es waren Kopien von zwei handgeschriebenen alten Papieren mit schnörkeligen Buchstaben und Tintenflecken. Außerdem waren die Wörter merkwürdig buchstabiert, das Datum komisch und noch andere Flecken darauf, die wohl daher kamen, dass sie zusammengefaltet in einer Pelzmütze befördert worden waren. Mama stellte sich hinter mich und versuchte, über meine Schulter zu lesen. Aber die Blätter waren so schwer zu entziffern, dass schließlich Enok erklären musste, was darauf stand.

»Dieses erste Papier, das von 1918 ist, hat Petrus Hedin, der Pastor, geschrieben. Dort steht, dass er und die Gemeinde sich sorgen, dass das Kirchensilber gestohlen werden könnte, und dass er die Erlaubnis für ein Treffen außerhalb des Gemeinderates erhalten hat.«

Mama nickte. »Es kam im Krieg oft vor, dass Kirchenschätze gestohlen wurden.«

»Genau.« Enok und Mama tauschten einen Blick. »Bei diesem geheimen Treffen beschlossen Pfarrer Hedin und sein Freund Konrad Rask, dass sie das Silber verstecken würden. Um es zu retten, wenn der Krieg näher rücken würde.«

»Also der Erste Weltkrieg«, warf Mama ein.

»Ja, aber dann haben diese Narren anscheinend vergessen, wo sie das Silber versteckt hatten …« Enok deutete auf das nächste Papier. »Weil auf diesem Blatt, das 1922 von einem neuen Pfarrer geschrieben wurde, steht, dass die Gemeinde das gestohlene Kirchensilber durch neues ersetzen will. Das *gestohlene*!«

»Aber sie waren doch inzwischen gestorben!« Ich war so aufgeregt, dass ich dazwischenrief. »Konrad ertrank und der Pfarrer starb an der Spanischen Grippe.«

»Exakt.« Enok nickte mir zu. »Deine Fragen führten dazu, dass ich die Dinge begriff. Pastor Hedin und Konrad Rask versteckten das Silber, um es zu retten, und erzählten niemandem davon. Nicht einmal ihren eigenen Familien.«

Hakim nickte.

»Man sagt ja, je weniger das Geheimnis kennen, desto besser …«

»Aber nicht, wenn all diejenigen, die davon wissen, sterben!«

Mama sprang auf. Ihre Augen funkelten und ihre Wangen wurden vor Eifer ganz rot. Sie nahm meine Hand und lächelte. »Konrad war kein Dieb.«

Ich lachte erleichtert. »Nein, das war er nicht.«

»Und Kari hat keinen Dieb gedeckt.«

Konrad war kein Dieb!

Aber Fredrika und Kari, die *Armen*, dachten das und schämten sich und stickten schreckliche Sachen und verpassten es, in den USA zu leben, nur weil sie das glaubten!

Wenn sie gewusst hätten, dass Konrad stattdessen ein *Held* gewesen war. Wie anders wäre dann alles gekommen.

40

»Aha.« Gustav zuckte mit den Schultern. »Unerhört spannend. Aber jetzt müssen wir los, Wilma.«

Er stand auf und streckte meiner Schwester eine Hand hin.

»Tut mit leid, Gustav.« Wilma sah verlegen aus. »Ich weiß nicht, ob ich …«

»Nein, weil heute mein Geburtstag ist!« Ich beugte mich vor. »Deshalb passt es heute Abend leider nicht, Gustav. Hakim ist gerade erst gekommen und wir werden jetzt das Geburtstagsessen haben, oder, Mama?«

»Ja, du gehst nirgendwohin, Wilma.«

»Absolut nicht!«, schob ich nach.

Wilma schaute uns erleichtert an. Und blieb sitzen.

»Ach, scheiß doch drauf!« Gustav wurde rot bis zu den Ohren und zog seine Hand zurück. »Verräterin.«

Er knallte die Tür zu, als er uns verließ.

Dann gingen wir mit Enok in die Küche und zeigten ihm die Silbersachen auf dem Tisch. Erst war er verwundert, dann wurden seine Augen ganz feucht. Er hob ein Stück nach dem anderen an, drehte es und murmelte zu sich selbst: »Wenn Kari das noch erlebt hätte. Dass ich das noch erlebe.«

Und dann wandte er sich mit großen Augen an mich.

»Wie hast du den Schatz gefunden, Mädchen?«

»Ich habe davon geträumt.«

Ich verstummte, weil ich ja hörte, wie komisch das klang, aber da nickte Hakim.

»Ich habe es dir ja erzählt, Kari ... ich habe hier in Svärtan auch merkwürdige Träume gehabt. Manchmal.«

»Dass du über das Eis gehst?«

»Ja.« Hakim schaute mich verwundert an. »Aber ich habe nicht so viel darüber nachgedacht wie du, ich habe die Träume meist verdrängt.«

»Mm. Ich habe meine aufgeschrieben.« Ich nickte ihm und Mama zu. »Ihr könnt sie dann lesen, wenn ihr wollt. Ich habe sie nicht gleich verstanden, aber wenn sie Puzzleteilchen wären, könnte man sie zusammenlegen.«

Mama, Hakim und Enok sagten, dass sie meine Träume gern lesen würden. Keiner lachte.

»Und weshalb habt nur *ihr* geträumt?« Wilma stöhnte und fasste sich an die Stirn. »Kein Kätzchen, kein Nerz, nicht einmal ein bisschen kranke Träume ... Was stimmt bloß nicht mit mir?!«

Ich nickte. »Ich wundere mich auch, weshalb nur wir beide geträumt haben und merkwürdige Dinge hier gespürt haben.« Ich blickte zu Hakim. »Kapierst du das?«

Nein. Er schüttelte den Kopf und holte eine Tüte.

»Aber die Menschen sind verschieden«, sagte er. »Und sie haben ein unterschiedliches Gespür für die Dinge.« Er lächelte mich an und begann, zusammen mit Enok das Kirchensilber einzupacken. »Was meint ihr, sollen wir losfahren und die Sachen hier zurückgeben?«

<u>Coole Dinge, die ich im Sommer gemacht habe:</u>

- Zwei Katzenbabys vor einem schrecklichen Tod gerettet
- Die Erlaubnis erhalten, das eine Kätzchen mit nach Hause zu nehmen
- In einen scheißgruseligen Erdkeller gestiegen
- Gelernt, dass es gut ist, sich mit der Situation zufriedenzugeben
- Und dass es dumm ist, sich IMMER mit der Situation zufriedenzugeben
- Auf einen engen Dachboden gekrochen
- Einen fantastischen Silberschatz zurückgegeben, der HUNDERT JAHRE verschwunden war und den mein Urgroßvater im Ersten Weltkrieg rettete (Held!) und den ich gefunden habe (auch Heldin!)

Wir fuhren alle zusammen zur Kirche. Auch Wilma.

Ich glaube, uns war allen ein wenig feierlich zumute und wir waren nervös, ich jedenfalls schon. Aber als wir ankamen, war nur Sonja da. Sie staubsaugte gerade.

»Jetzt wirst du Augen machen!« Enok erzählte ihr alles und dann reihte ich die Silbersachen in der Kirche auf dem Altar auf. Sonja traute wirklich kaum ihren Augen.

»Aber!«

Sie drehte und wendete die Stücke, dann holte sie das alte Foto aus dem Archiv und bekam rote Flecken am Hals.

»Was für ein Freudentag! Wie wunderbar, das den anderen morgen zu erzählen.«

Danach fuhren wir zurück zu Svärtan.

Die Sonne war untergegangen, es war ein langer Tag gewesen und es würde ein spätes Geburtstagsessen werden. Die Scheinwerfer flackerten über die Baumstämme und das Gebüsch entlang des holprigen Weges durch den Wald. Ich schloss kurz die Augen und hörte Äste hohl über den Autolack schrammen, aber ich bekam keine Angst. Danke für die Hilfe!, flüsterte ich. Wie gut, dass du gekommen bist!

»Jetzt müssen wir Svärtan ja nicht mehr behalten, wenn wir nicht wollen ...« Hakim blickte vorsichtig zu Mama. »Das Haus hat Ruhe gefunden.«

»Mm. Der Gestank ist auch weg.«

»Was machen wir also? Ein paar Wochen Sommerferien haben wir noch.«

»Wir fahren zu Opa!«

Das riefen Wilma und ich gleichzeitig. Aber ich dachte ehrlich *nicht*, dass Mama und Hakim anbeißen würden, doch sie tauschten einen Blick aus und begannen zu kichern.

»Wie, fliegen wir?!«

Wilma holte tief Luft und lehnte sich vor.

»Ehrlich?«

Wir aßen das Geburtstagsessen in der Küche, aber ich weiß nicht mehr, was es gab. Wir waren so hungrig und müde. Und die Möbel und Sachen aus der Mägdekammer standen kreuz und quer um uns herum. Die Tür war ausgehängt und auf dem Boden lagen noch immer Holzstücke und Bretter.

Hakim schaut Mama mit glücklichen Augen an. »Das wird schön. Und wir können es uns leisten.«

»Aber das Chaos hier? Und all die Renovierungsarbeiten, mit denen ich begonnen habe?«

»Wir können hier ein andermal aufräumen.«

Mama kicherte wieder.

»Juhuu!« Wilma sprang auf, jubelte und klatschte mich ab. »Nach Spanien!«

Ich sprang auch auf und Wilma und ich tanzten im Kreis, so gut es ging in dem ganzen Durcheinander.

»Aber kriegen wir noch Tickets? Und können wir uns das wirklich leisten?« Mama schaute Hakim ein wenig besorgt an.

Doch der nickte. »Das brauchen wir jetzt unbedingt. Ferien von diesen Ferien hier …«

Wilma und ich zogen unsere Rucksäcke heraus und

begannen zu packen. Ich bereitete Oscars Kiste für den Transport vor. Er würde jetzt viel erleben, über das er sich wundern konnte. Die Autofahrt. Mein Zimmer. Die Wohnung. Und unsere Nachbarn, die sich hoffentlich um ihn kümmerten, wenn wir nach Spanien fuhren. Victoria wohnte immer bei ihnen, dann würde Oscar das sicher auch dürfen.

»Schau, was ich gefunden habe.« Plötzlich stand Mama im Zimmer, mit der alten Postkarte von den Kleinen. »Die ist hinter die Heizung gerutscht. Du willst sie sicher haben?«

Ich nahm die Postkarte und steckte sie als Erinnerung in mein Notizbuch. Dann ging ich ins Wohnzimmer und strich mit der Hand über die Stelle an der Wand, wo der Riss gewesen war. Nichts. Es war jetzt vorbei und die neue Tapete klebte fest.

Also packte ich weiter meine Sachen und anschließend half ich Mama, den Tisch abzudecken und abzuspülen. Nur Hakim saß noch am Küchentisch und sah irgendwie komisch aus.

»Aber der Schlittschuh?«

Ich blickte ihn an. Was war jetzt damit?

»Na ja …« Er hob die Hände. »Wem hat er gehört und wer hat ihn, direkt bevor wir gekommen sind, ins Gras gelegt?«

»Äh, ich weiß es nicht. Was glaubst du?«

»Es gibt Dinge, die versteht man eben nicht.«

Er schüttelte den Kopf und stand auf. Mama schaute uns nachdenklich an.

»Oder es war Enok …«

»Enok?«, fragte ich verwundert. »Warum sollte er das tun?«

»Er hat mich doch nach der Beerdigung angerufen und wollte wissen, ob wir kommen würden. Weil er einige Kisten in Svärtan hatte, die er vorher wegschaffen wollte. Ich habe nicht begriffen, warum sie hier standen, aber das tue ich jetzt.« Sie lächelte mich an. »Weil er und Großmutter ein Paar waren. Er erwähnte auch, dass er den Rasen noch ein letztes Mal mähen würde. Und dann hat er wohl den Schlittschuh verloren, als er ausgezogen ist.«

Hakim nickte. So könnte es gewesen sein. Ich nickte auch und dachte dabei an das Porzellanherz, Enoks große Liebe und Urgroßmutter, die es verpasst hatte, in die USA auszuwandern. Vielleicht war es so besser gewesen.

Dann ging ich mit Oscar auf dem Arm in den Garten. Mein Katerchen. Was für ein Geburtstag, und was für ein Sommer! Mein schlimmster und mein bester. Ich lief einige Schritte in den Garten hinaus, bis mich die Dunkelheit umschloss. Dann drehte ich mich um und blickte auf Svärtan.

Wichtig ist nicht, wie es einem geht, sondern wie man damit umgeht.

Wie hatte ich Svärtan Furcht einflößend finden können?

Die Wände waren pechschwarz vom Teer, aber das Häuschen leuchtete warm und gemütlich aus den

Fenstern, die überhaupt nicht blinzelten. Wie hatte ich denken können, dass das Haus uns anglotzte?

Die Stimmung hier, als wir ankamen, Victorias Reaktion und das Rostwasser, das über Hakims Hände spritzte. Das hatte ich mir nicht eingebildet. Der Riss in der Tapete, der Ball, der schief über den Küchenboden rollte, die Kissen im Wohnzimmer und die Träume. Das *war* merkwürdig und beängstigend gewesen und ich würde noch genug darüber nachgrübeln müssen.

Aber es war gut ausgegangen. Wir hatten das Problem gelöst und einen Schatz zurückgegeben. Und Svärtan war unser wunderbar gemütliches kleines Häuschen im Wald geworden.

VON WEGEN DURSCHNITT.

PLÖTZLICH PRINZESSIN!

ALLE LIEFERBAREN TITEL,
INFORMATIONEN UND SPECIALS
FINDEST DU ONLINE

Auch als eBook

www.dtv.de dtv junior